마흔 개의 행복

마흔 개의 행복

평범한 일상 조각에서 발견한 10인의 행복 이야기

초 판 1쇄 2025년 07월 03일

지은이 권영순, 김진영, 박해영, 변상진, 안여진, 윤혜원, 이경주, 이은주, 정미림, 정선경
펴낸이 류종렬

펴낸곳 미다스북스
본부장 임종익
편집장 이다경, 김가영
디자인 윤가희, 임인영
책임진행 김은진, 이예나, 김요섭, 안채원, 이예준

등록 2001년 3월 21일 제2001-000040호
주소 서울시 마포구 양화로 133 서교타워 711호
전화 02) 322-7802~3
팩스 02) 6007-1845
블로그 http://blog.naver.com/midasbooks
전자주소 midasbooks@hanmail.net
페이스북 https://www.facebook.com/midasbooks425
인스타그램 https://www.instagram.com/midasbooks

ⓒ 권영순, 김진영, 박해영, 변상진, 안여진, 윤혜원, 이경주, 이은주, 정미림, 정선경, 미다스북스 2025, *Printed in Korea*.

ISBN 979-11-7355-303-5 03810

값 19,000원

※ 파본은 구입하신 서점에서 교환해드립니다.
※ 이 책에 실린 모든 콘텐츠는 미다스북스가 저작권자와의 계약에 따라 발행한 것이므로 인용하시거나 참고하실 경우 반드시 본사의 허락을 받으셔야 합니다.

미다스북스는 다음세대에게 필요한 지혜와 교양을 생각합니다.

마흔 개의 행복

평범한 일상 조각에서 발견한
10인의 행복 이야기

권영순
김진영
박해영
변상진
안여진
윤혜원
이경주
이은주
정미림
정선경

미다스북스

‘파랑새 증후군(Bluebird Syndrome)’이라는 말을 들어보신 적이 있으신가요?

파랑새 증후군은 현실에 만족하지 못하고, 더 나은 행복이나 이상을 찾아 끊임없이 새로운 것만을 추구하는 심리적 상태를 의미합니다. 실제로 직장인 10명 중 6명(60.7%)이 파랑새 증후군을 경험했다고 답할 만큼, 현대 사회에서 매우 흔한 심리적 현상이라고 해요. sns 속 타인의 삶은 무지갯빛입니다. 나만 빼고 모두 여유롭고 행복하고 풍족해 보입니다. 관찰 예능 속 연예인들의 일상은 나와 달라도 너무 다르게 느껴집니다. 다른 사람의 삶은 온통 반짝이는 것 투성이인데 내 삶은 그저 그런, 시덥잖아 보이는 것들 투성입니다. 그래서 우리는 높은 목표나 이상을 만들어 놓고 그것을 이루기 위해 치열한 하루하루를 살아갑니다. 더 많이 벌기 위해, 더 많이 누리기 위해, 더 많이 더 많이…. 옆시야를 가린 채 앞만 보고 전력 질주하는 경주마처럼. 주변을 둘러볼 여유도 없이. 그렇게 옆도 뒤도 돌아보지 않고 앞만 보고 달리면서 행복하지 않다고 투덜댑니다. 내 삶을 반짝이는 것들로 채워서 행복하기 위해 치열하게 살고 있는데 행복이라는 게 있긴 있냐고 불평합니다. 인생이 허무하게 느껴집니다. 그래서 삶에서 희망을 볼 수 없게 되죠.

다시 파랑새 증후군 이야기로 돌아가 볼게요. 이 용어는 벨기에 극작가 모리스 마테를링크의 희곡『파랑새』에서 유래되었다고 합니다. 연극의 높은 인기에 힘입어 책으로도 발간이 되었습니다. 줄거리를 간단히 소개할게요. 주인공 남매 틸틸과 마틸은 초라한 오두막집에 살고 있습니다. 그들은 크리스마스 전날 밤 옆집의 풍성하고 화려한 파티를 부러워하며 자신들의 삶이 불행하다고 느낍니다. 이때 옆집 할머니가 찾아오지요. 할머니는 자신의 아픈 딸을 위해 남매에게 파랑새를 찾아 달라고 부탁합니다. 그래서 틸틸과 미틸은 파랑새를 찾기 위해 모험을 떠나게 됩니다. 남매는 여러 신비로운 세계를 여행하지만, 그 어느 곳에서도 진짜 파랑새를 얻지 못합니다. 여행을 마치고 집으로 돌아온 미틸과 틸틸은 아침에 집에 있던 산비둘기가 파랑새로 변해 있는 것을 발견해요. 남매는 이 파랑새를 옆집 할머니와 아픈 딸에게 선물하고, 그 덕분에 딸은 건강을 되찾게 됩니다. 이 이야기에서 파랑새는 행복을 의미합니다. 곧 행복은 멀리 있는 게 아닌 가까이에 있음을 알려 줍니다. 행복은 정말 가까이에 있는 걸까요?

행복의 사전적 정의를 찾아보았습니다. '생활에서 충분한 만족과 기쁨을 느끼어 흐뭇함. 또는 그러한 상태.'라고 정의 되어 있어요. 즉 행복은 일상의 삶에서 느끼는 감정입니다. 우리는 더 나은 미래, 더 큰 보상, 더 높은 경제 수준, 더 큰 성취, 타인보다 더 나은 삶에서 행복을 찾곤 합니다. 또 쉽게 얻을 수 없는 것, 아직 이루지 못한 미래의 행복을 더 값지게 여깁니다. 가지기 힘든 보석이 더 빛나 보이듯 멀리 있는 행복이 더 값져 보이는 거지요. 반면, 가까이 있거나 흔한 것, 일상의 소소한 행복은 당연하게 여기고 그 가치를 쉽게 잊어버립니다. 멀리 있는 행복을 쫓느라 내 곁의 소중한 것들을 놓치며 살아갑니다. 19세기 러시아를 대표하는 세계적 대문호이자 사상가인 톨스토이의 저서 『살아갈 날들을 위한 공부』에는 이런 문장이 있습니다. "현재의 삶에서 만족하지 못하는 까닭은 엉뚱한 곳에서 행복을 찾기 때문이다." 우리는 여태 엉뚱한 곳만 기웃거린 건 아닐까요.

무심코 길을 걷다 한 손은 엄마 손을 꼭 쥐고 다른 손에는 사탕을 꼭 쥔 꼬마와 눈이 마주친 적이 있습니다. 그 순간 꼬마는 손에 든 사탕만큼이나 달콤한 웃음을 보였어요. 무심했던 순간이 미소로 가득 채워졌습니다. 이처럼 누군가 건네는 작은 미소에도 기분이 좋아집니다. 또 나의 작은 선행이 누군가에겐 큰 기쁨이 되기도 합니다. 기분 좋게 뺨을 어루만지는 바람, 등을 따뜻하게 데워 마음의 온도까지 높여 주는 햇살, 어두운 감정마저 씻어 내 줄 것같이 시원하게 쏟아지는 빗줄기, 저마다의 빛깔로 눈과 마음을 즐겁게 하는 식물과 같은 자연도 기쁨의 원천입니다. 늘 지나다니는 길, 매일 출근 도장을 찍는 일터, 보금자리인 집과 같은 나와 가까운 공간도. 매일 만지고 사용하는 물건에도 행복은 숨어 있습니다. 우리가 행복을 찾아야 하는 곳은 우리의 삶과 가까이 있는 모든 순간입니다. 행복은 먼 곳에 있지 않습니다.

글을 쓰기 시작할 때 이런 생각을 했어요. '지금 내 삶이 행복하지 않은데 어떻게 행복에 대한 글을 쓸 수 있을까?'라고요. 저도 엉뚱한 곳을 기웃거리며 살아왔나 봅니다. '행복은 가까이 있다.'를 머리로는 알고 있지만 바쁜 일상으로 종종 잊어버리고 살았습니다. 행복을 찾아 나섰습니다. 머리로만 알고 있던 가까이 있는 행복의 실체와 마주한 시간이었습니다. 저를 비롯하여 함께 집필에 동참해 주신 9명의 작가도 마찬가지라 생각됩니다. 이 책은 10명 작가의 소소한 이야기입니다. 나에게 행복을 주는 시간, 공간, 사람, 물건으로 나누어 일상의 경험을 나눕니다. 대단한 성공, 거창하고 화려한 순간, 값어치가 높은 물건이 아니라 작은 성취, 소소한 일상, 평범한 순간, 나와 가까운 사람, 일상을 함께 하는 물건에 주목합니다. 행복은 멀리 있는 신기루가 아니라 가까이 있음을, 지금 내 곁의 소소한 행복을 소중히 여길 때 삶이 더 풍성해진다는 것을 나누고 싶습니다.

모험을 마치고 돌아온 미틸과 마틸은 집에서 찾아 헤매던 파랑새를 발견합니다. 여러분의 파랑새도 멀리 있지 않습니다. 여러분이 파랑새를 만나는 데 이 책이 마중물이 되길 소망합니다.

3장

나를 행복하게 하는 **사람**

4장

나를 행복하게 하는 **물건**

1장

나를
행복하게 하는

시간

"행복한 나날이란 멋지고 놀라운 일들이 일어나는 날들이 아니라 진주알들이 하나하나 한 줄로 꿰어지듯 소박하고 자잘한 기쁨들이 조용히 일어나는 날들인 것 같아요."

– 루시 모드 몽고메리, 『빨간머리 앤』 중에서

값진 시간을 빛다

권영순

　행복은 언제나 짧고 강렬하게 지나쳐서 놓치기 쉽다. 물 위에 떨어뜨린 한 방울의 물감처럼 금방 퍼지고 사라져 꼭 부여잡고 있지 않으면 흔적 없이 사라질 때가 많다. 항상 느끼고 받아들일 준비가 되어 있어야 한다.

　나에게는 두 살 터울의 세 아이가 있다. 그 아이들에 대한 책임감으로 하루하루를 긴장감에 허투루 보내는 날이 없었다. 먹는 것도 유기농으로 직접 만들어 먹였고, 책을 평생 곁에 두고 살길 바라서 여러 영역별 책을 샀다. 아이들에게 읽히기 전에 먼저 읽어 보았다. 읽기만 한 것이 아니다. 읽은 내용의 요점을 정리하고 나면 감상문도 쓰고 서평도 썼다. 아이들이 알기 쉬운 방법을 터득할 수 있게 읽어 주고 읽을 수 있도록 도왔다. 가끔 주말이면 아이들의 친구들을 집으로 초대해서 함께 책을 읽어 주고 재미있는 활동들을 하며 책을 장난감처럼 생각하게끔 해 주었다. 그래서 세 아이 모두 책을 좋아한다.

무던히도 노력했던 시간이었다.

아침 7시에 출근을 해야 하는 나에게 가끔 당혹스러운 연락이 올 때가 있었다. 8시 30분, 모든 아이들이 교실에 들어가 있어야 할 시간에 막내 담임 선생님에게 "재민이가 아직 등교를 하지 않았습니다"라는 전화를 받을 때가 있었다. 알람을 끄고 다시 잠이 든 탓이었다. 아이에게 미안한 마음에 일을 그만 두고 싶었다. 하지만 일을 포기하면 내 존재를 어디에서도 찾을 수 없을 것 같았다. 그렇게 나는 일과 육아를 병행하며 나를 잊고 바쁜 시간을 보냈다.

그때는 현실에 쫓기듯 바삐 살며 주위를 둘러보지 못했다. 주말이면 여행을 가자며 조르던 아이들을 뒤로한 채, 내 감정이 슬픈지 기쁜지 느끼기보다는 처리해야 할 일들이 먼저였다. 일상의 소소함을 잊고 있었다. 그래서 더 빨리 지쳐갔는지도 모르겠다.

몇 년 전 함께 심리학을 공부하던 지인의 소개로 상담센터를 찾은 적이 있다. 오롯이 내 감정에 집중할 수 있는 시간이었다. 상담 한 시간은 나의 이야기를 꺼내놓는 시간으로는 항상 부족했다. 표현하지 않고 애써 외면했던 감정들을 꺼내놓기 시작하자 비로소 지금의 상황들이 보이기 시작했다. 그렇게 8개월 동안 매주 쏟아 내는 내 이야기는 무엇이 중요한지를 깨닫는 데 충분한 시간이었다. 그때 나는 느꼈다. 행복이란 내 머리와 가슴 사이 어디쯤 자리하고 있어서 내가 찾아내지 않으면 그 거리를 좁힐 수 없다는 것을…. 변화가 필요했다.

그래서 문제에 집중하고 지금 느껴지는 감정이 어떤지 알아차리려 노력했다. 내 감정을 정확히 알지 못하면 내 감정을 비워 낼 수도 내가 원하는 것을 채울 수도 없다. 그리고 평소 느낄 수 있는 불편한 감정들은 오래 담아 두지 않으려고 노력했다. 물론 처음에는 잘되지 않았다. 그래서 감정 흘려보내기부터 시작했다. 감정을 흘려보낸다는 것은 부정적인 감정을 억누르거나 무시하지 않고, 자연스럽게 경험하고 받아들여 인정하는 것에서부터 시작해야 한다. 그리고 일기를 쓰거나 대화를 나누며 감정을 표현해 보는 것도 좋은 방법이다. 내성적인 성격의 나는 대화상대를 많이 만들지 않는다. 주로 남편과 오랜 시간 대화를 하면 내가 뱉어내는 말들이 정리될 때가 많았다. 항상 내 말을 들어주는 남편이 고마울 따름이다. 이렇게 끊임없이 많은 시도들을 하면서 김형석 교수님의 "사랑이 있는 고생은 행복이었다." 라는 말의 의미를 알아차릴 수 있게 되었다.

육아와 일을 병행하며 바삐 보냈던 시간 들이 나와 아이들을 성장시키고 있었다. 포기하지 않고 열심히 했던 일의 경험들은 나에게 새로운 도전을 할 수 있는 용기를 주었다. 과감히 이직을 선택했다. 새로운 도전이었지만 예전의 내가 아니었다. 문득문득 새로운 나와 마주할 때가 많았다. 내가 이렇게 적극적이었나 싶을 정도로 나의 마음은 단단해져 있었다. 지금은 내가 좋아하고 잘하는 일을 하며 행복한 시간을 보내고 있다.

“유진아 넌 언제 가장 행복해?”

“지금.”

“왜?”

“책임질 것도 없고, 특별히 불편한 것도 없고, 해야 할 일을 미루어두어도 괜찮아서 지금이 가장 행복해.”

“엄마는?”

“엄마도 지금이 가장 행복해.”

“왜?”

“책임질 것도 많고, 해결해야 할 문제들이 매일 매일 생기지만 그래도 지금이 가장 행복해.”

치열했던 입시를 끝내고 갓 스무 살을 넘긴 딸과 50살을 갓 넘긴 나의 대화다. 그렇다. 나는 책임질 것도 해결해야 할 일들도 많지만, 지금이 가장 좋다. 문제를 바라보는 식견이 넓어졌고 시간이 만병통치약이라는 것쯤은 자연스럽게 받아들일 수 있게 되었다.

꼬물거리던 아이들은 훌쩍 자라 있고, 주변을 둘러보면 내가 보낸 시간들이 현재의 나를 나타내고 있다. 또 앞으로 보낼 나의 시간 들이 10년 후 또는 20년 후의 나를 만들어 놓을 것이다.

과거나 미래의 시간을 살다 보면 항상 형체도 없는 것들에 쫓기게 될 때가 많다. 현재의 시간을 살길 바란다. 그러면 지금보다 더 평온한 시간을 보내고 있는 당신과 마주할 수 있을 것이다. 행복이라는 것은 그냥 주어지지 않는다. 내 노력의 시간이 주는 선물이다.

기웃거리며, 시작하며
그리고 함께하며

김진영

"째깍째깍" "Tic tack tic tack"

지구에는 81억 명이 넘는 사람들이 살아가고 있다. 모두가 다른 모습으로 살아가지만, 단 한 가지 공평하게 주어지는 것이 있다. 바로 '시간'이다. 시간은 돈처럼 많고 적음이 없고, 나이, 국적, 지위, 환경에 상관없이 누구에게나 똑같이 주어진다. 아시아에 사는 사람이든, 아프리카에 사는 사람이든, 대통령이든, 평범한 시민이든 모두 같은 하루 24시간을 가진다. 하지만 그 시간을 어떻게 쓰는지는 각자 다르다. 어떤 사람은 그 시간을 소중히 여기며 행복을 쌓아가고, 어떤 사람은 무심코 흘려보낸다. 주어진 '시간'이라는 저울 위에서 내가 느끼는 행복의 무게와 만족의 크기를 키우며, 나의 삶을 의미 있게 만들고 행복을 더해가는 것은 오롯이 나만이 선택할 수 있는 일이다.

나는 기웃거리는 동안 행복하다.

기웃거리는 일에 재미를 느끼기 시작한 건 초등학교 2학년 때로 기억된다. 봉화 산골 작은 분교에 다니던 나는 할 일을 찾지 못할 때마다 도서관에 들러 선생님과 수다를 떨었다. 전교생이 얼마 되지도 않는 분교의 도서관은 기껏해야 6, 7평 남짓하였다. 하지만 10살 내외였던 어린 꼬마에게 그 공간은 좁기는커녕 끝이 없는 하나의 우주였다. 늘 도서관을 기웃거리며 표지 그림이 눈에 띄게 예쁜 책, 작가 이름이 특이한(사실 웃긴) 책, 크기가 아주 크거나 작은 책, 따끈따끈 새로 들어 온 책, 제일 구석에 아무도 모르게 꽂혀 있는 책 등 가리지 않고 읽으며 갈 수 없는 세상을 경험하고, 만날 수 없는 사람들을 만났다. 그러던 중 홈즈와 왓슨을 만났다. 아서 코난 도일의 추리 소설 '셜록 홈즈' 시리즈의 주인공인 홈즈와 왓슨의 명쾌한 추리와 모험은 어린 소녀를 잠 못 들게 했다. "언니, 잠 좀 자자.", "누나, 불 좀 꺼!" 눈을 흘기는 동생들의 시선을 피해 담요를 머리끝까지 덮고 네모 플래시를 켠 상태로 책을 읽은 날도 수두룩하다. 그때부터였던 듯하다. 주변의 모든 것을 기웃거리기 시작했던 것이. 이웃 약국 마당에 묶여 있는 개집 안이 궁금하여 막무가내로 들여다보다가 정강이를 물려 약사 할아버지네 안방에 누워있기도 했고, 동글동글 투명하고 노란 아빠의 알약이 궁금해 마당에 다 터뜨려 놓기도 했다. 저금하러 가던 길에 잃어버린 오천 원을 찾겠다고 전교생을 모두 불러 온 동네를 샅샅이 뒤지게 하고, 특공대를 만들어 오래된 빈집에 귀신의 증거를 찾으러 떠나기도 했다. 멋있어 보이는 홈즈를 흉내

내고 싶었던 것도 같고, 홈즈 같은 탐정이 되고 싶어서였던 것도 같다. 책을 읽는 것보다 더 재미난 일을 또는 사건을 찾고 싶었던 것도 같고, 늘 홈즈 옆에서 함께 하는 왓슨 같은 친구를 발견하고 싶어서였던 것도 같다.

어릴 때의 그것과는 사뭇 다르지만 30년이 넘게 지난 지금도 기웃거리는 일은 나를 즐겁게 한다. 아침에 초등, 중등 세 자녀를 깨우며 기분을 기웃거리는 것으로 시작하여, 늘 주문하는 아이스 아메리카노의 맛을 기웃거리는 것, 중고 서점에 들러 책 냄새를 맡으며 제목들을 기웃거리는 것, 퇴근 후 쫑알쫑알 수다를 떨며 신랑과 함께 먹을 맥주와 안주를 기웃거리는 것, 시간이 나면 언제든 떠나보자 생각하며 휴대폰으로 새로운 여행지를 기웃거리는 것. 이 모든 것이 즐거움이고 행복이다.

소소한 일상에서의 기웃거림을 행복으로 받아들일 수 있는 건, 어린 시절 나의 끝없는 그것을(의도했건 의도하지 않았건) 부모님으로부터 적당히 외면받았기 때문이다. 자유롭게 살펴보고 여유롭게 탐색하며 작은 행복도 온몸으로 느끼는 기술이, 의도하지는 않았지만 스스로 체득된 것이다. 지금은 볼거리가 화수분같이 샘솟는 휴대폰이 기웃거림을 방해한다. 다람쥐 쳇바퀴같이 쉼 없이 돌아가는 학원이 기웃거림을 방해한다. 휴대폰과 학원이 아니면 기웃거릴 방법도 공간도 여유도 찾지 못하는 우리 아이들에게 나 자신을, 내 주변을 기웃거릴 시간과 적당한 무관심을 선물하는 건 어떨까. 자전거 타는 방법을 한번 익히면 오랜 시간이 흘러도 몸이 기억하는 것처럼, 스스로 터득한 행복의 기술은 어디서도 배우지 못하는 귀한 필살기가 될 것이다.

100세 인생 시대이니 나는 가을 문턱쯤 되려나. 남은 계절엔 어떤 기웃거림이 나를 행복하게 할지 적잖이 기대된다.

나는 시작하는 동안 행복하다.

'새로운 시작은 늘 설레게 하지 모든 걸 이겨낼 것처럼~' 인기 웹툰을 드라마로 만들어 '박새로이' 열풍을 일으켰던 '이태원 클라스'의 주제곡 〈시작〉의 첫 노랫말이다. '시작'이라는 단어에 설레지 않는 사람이 있을까 싶지만, 내가 시작하는 것에 행복을 느끼게 된 건 그리 오래되지 않았다. 과거의 기억을 떠올리면 오히려 시작은 언제나 긴장과 두려움의 순간으로 기억된다.

평소 자식들의 교육에 관심이 많으셨던 부모님 덕분에 5학년이 끝날 무렵, 아빠의 보물 1호인 포터에 약간의 살림과 함께 옹기종기 다섯 식구가 타고 대구로 이사를 나왔다. 6학년을 시작하는 3월 2일, 배정받은 새 교실로 들어가 선생님과 친구들에게 인사를 하며 새로운 시작이 '시작'되었다. 시골 분교에서는 상상할 수도 없을 만큼 많은 아이들, 큰 운동장, 넓은 도서관, 눈이 번쩍 떠지는 문방구까지. 도시로 이사는 분명 무엇보다 기쁜 일이었지만 이상하게 내 몸은 다른 말을 했다. 가슴이 체한 듯 답답했고 가끔은 숨 쉬는 것조차 힘들어서 길에 주저앉기도 했다. 병원에 가서 여러 가지 검사도 했지만 딱히 이유는 없었다. 그러던 중 지금의 '정신건강의학과' 같은 곳에서 급격한 환경 변화로 인한 '마음의 병'이라는 진단을 받았다. 그 후 어떻게 괜찮아졌는지는 기억나질 않는다. 다만 무언가를 시작함에 있어, 설렘과 기대보다는 두려움과 걱정이 훨씬 더 먼저, 그리고 크게 자리 잡게 되었다.

'시작'을 대하는 내 태도와 감정에 변화가 생긴 시작은 바로 결혼이다. 부모에게서 독립하여 내 가정을 갖는 일 또한 시작하는 일이다. 어찌 두렵지 않았겠는가. 다행히 10년을 연애하며 돈독하게 쌓아온 신랑에 대한 사랑과 신뢰 덕분에 설렘과 기대를 품을 수 있었다. 결혼은 '시작'에 대한 선순환의 시작이었다. 첫째 딸을 출산하며 부모로서 첫걸음을 시작하던 때는 온 우주가 내 것인 양 행복했다. 세 자녀를 키우며 엄마이기만 했던 내가 용기 낸 독서 코칭 전문가라는 일의 시작은, '나의 마지막 직업'이라는 확신을 주어 행복하다. 출판을 맘에 두고 글을 쓰기 시작한 지금은, 오랜 시간 품고 있는 동화 작가의 꿈을 시작할 용기가 생긴 스스로가 대견하고 뿌듯하다.

인생은 행복팀과 불행팀이 줄다리기를 하고 있음이 분명하다. 좋은 것만 있을 수는 없다. 기쁘기 전에 분명 슬픈 일이 먼저 있고, 행복하기 전에 분명 불행한 일이 먼저 있다. 필연적으로 겪게 되는 수많은 시작을 내가 선택할 수는 없다. 다만 과거의 수많은 경험이 내게 준 힘으로, 용기 있게 '시작' 앞에 선다면, 언제나 행복팀으로 줄의 중심을 가져올 수 있을 것이다. 그리고 기꺼이 말하고 싶다. 나는 시작하는 지금, 행복하다고. 노래는 이렇게 끝난다.

'다시 시작해~'

나는 '함께'하는 동안 행복하다.

쏟아지는 정보와 콘텐츠들의 홍수 속에서 사회적 동물인 우리는, 끝도 없이 연결되는 온오프라인 관계를 맺으며 '함께' 어울리고 있다. 나 또한 혼자 하는 것에 서투르기에 관계를 욕심내며 다양한 이들과 함께하고자 이리저리 휩쓸린다. 『작은 아씨들』로 유명한 소설가 루이자 메이 올콧은 혼자보다 여럿이 힘을 합쳐 함께하는 것이 중요하다는 의미로 "불을 피우려면 두 개의 부싯돌이 필요하다"라고 했다. 효율성을 중요하게 여기는 현대인들에게 '힘을 합쳐, 함께'가 최선임을 드러내는 말이다. 나는 '함께'로 지내야만 안정감을 느끼는 E다. 혼자 있으면 알 수 없는 불안함에 엉덩이가 자꾸 들썩거리고, 할 일 못 찾아 두리번두리번 불편함을 느낀다. 육아를 하면서, 또 일을 하면서 주변 사람들과의 교류를 중요하게 여기며 많은 시간을 쓴다. 그런 가운데 행복하고, 성취감을 느끼는 나를 본다. 그러던 어느 날 문득, 여기서 불이 일에 대한 성취가 아니라 인생에 대한 열정이라면 어떨까라는 생각을 했다.

내 인생에 대한 나의 열정은 어떠한가. 불혹을 넘기고 지천명이 두세 발짝 앞인 지금, 나를 뜨겁게 불 피우는 두 개의 부싯돌이 무엇이냐고 누군가 묻는다면 망설임 없이 가족과 일이라고 대답할 것이다.

누구에게나 그렇듯 가족은 모든 일에 원동력이 된다.

나는 매일매일 책을 읽으며, 아이들과 얘기를 나누고 꿈을 키우는 '독서 논술 학원'을 운영하고 있다. 7년 전, 학원을 해 보겠다고 신랑에게 처음 애기를 꺼냈을 때였다. "왜 일을 하고 싶어? 혹시 아이들 키우며 돈이 부족할까봐?"라고 묻기에 "아니, 정말 하고 싶은 일이야. 생각만 해도 가슴이 뛰어. 자아실현?" 신랑은 더 이상 묻지도 따지지도 않고 학원 창업에 필요한 큰 목돈을 선뜻 마련해 주었다(신랑, 지금도 정말 고마워!). 그리고 우리 집엔 사춘기라는 긴 터널을 벗어나기 직전의 중3 딸과, 막 터널에 진입하여 눈앞이 깜깜한 6학년 쌍둥이가 있다. 때에 맞는 성장을 하며, 각기 다른 매력으로 적당한 걱정과 즐거움을 함께 주고 있기에 화를 내는 날도 있고, 배꼽 잡고 깔깔거리는 날도 있다. 정신없이 바쁜 아내이자 엄마인 나를 한결같이 응원하고 이해해 주는 가족은 아주 좋은 첫 번째 부싯돌이다.

다양한 꿈을 꾸는 아이들과 함께 책을 읽고 얘기를 나누는 즐거운 일을 하고 있다. 좋아하는 일도 직업이 되면 즐거울 수 없다고 혹자가 그랬지만 일을 하는 동안 난 유난히 즐겁고 행복하다. 나에게 일은 내가 가진 그릇의 크기를 끊임없이 키워나가는 과정이다. 잘 커지다가 한참을 멈추기도 하고 심지어 작아지기도 하지만 그 과정 자체가 감사하고 행복하다. 나와 함께 저마다의 그릇을 키워나가는 우리 아이들이, 그리고 늘 즐거운 내 일이 아주 멋진 두 번째 부싯돌이다.

두 개의 부싯돌이 준비되었다손 치더라도, 적당한 힘과 기술로 서로 부딪치지 않는다면 불씨는 생겨나지 않는다. 사춘기를 지나는 10대 세 자녀를 양육하며 독서 논술 학원 원장으로서 많은 책과 꿈쟁이들을 만나는 지금, 양질의 부싯돌이 끊임없이 부딪치며 나를 뜨겁게 한다. 두 개의 부싯돌이

'함께' 내 인생의 불을 피우고 있다.

　이렇듯 행복이란 거창한 것이 아니라, 우리 곁에 소소하게 머무는 순간들 속에 있다. 의미를 가진 모든 순간이 행복이다. 주변을 기웃거리며 새로운 가능성을 엿보면서, 무언가를 시작하며 설렘과 기대를 품으면서, 가족과 함께하며 마음을 나누면서, 그 모든 순간이 모여 행복이 된다. 바쁜 하루 속에서도 나를 미소 짓게 하는 시간을 놓치지 않길 바란다.

행복은 먼 데 있지 않아요

햇살 좋은 날에 빨래를 널면서

김이 모락모락 나는 밥을 짓는 동안

좋아하는 노래 한 곡 들으며

좋아하는 이에게 편지를 쓰는 동안

행복은 내 곁에 다가와 미소 짓지요

　일상의 아주 사소한 시간 속에 진짜 행복이 있음을 따뜻하게 전하는 이해인 님의 『행복』이다.

　지금 이 순간, 우리를 행복하게 하는 시간을 찾아보자. 그 작은 순간들이 쌓여 삶을 더욱 의미 있게 할 것이다.

즐거운 나의 일

박해영

하루 중 가장 행복한 시간은 언제일까? 새벽에 혼자 깨어 책을 읽을 때? 밤에 조용히 좋아하는 영화를 볼 때? 음악을 들으며 산책을 할 때? 그런 특별한 시간이 아니라 만약, 일을 하는 시간이 가장 행복한 시간이라면 어떨까? 나를 행복하게 하는 시간이 따로 있는 게 아니라, 내 일 그 자체가 행복이라면 얼마나 좋을까? 내가 바로 그런 행운을 가진 사람이다. 나는 학원에서 아이들에게 독서 논술 수업을 하고 있다. 나는 일을 할 때 가장 행복하다.

나는 책을 좋아한다. 책을 읽으며 새로운 세계로 빨려들기도 하고 흥미로운 사건에 매료되기도 한다. 책을 읽고 난 뒤 이리저리 흩어져 있는 생각들을 정리하기도 하고, 무료한 일상에서 재미를 찾기 위해 책을 읽기도 한다. 가끔은 현실의 고단함을 잊기 위해 책 속으로 숨을 때도 있다.

책을 읽는 것만큼이나 글쓰기도 좋아한다. 남들에게 내보이기 부끄러운 글이지만 혼자 끄적이는 것을 좋아한다. 그래서 가끔 말도 안 되는 문장들을 쏟아 내기도 한다. 내가 좋아하는 책과 글쓰기와 그리고 아이들, 내가 좋아하는 이 세 가지가 모두 모여 있는 곳이 나의 일터이다. 어디로 튈지 모르는 공처럼 엉뚱한 아이들과 책을 읽고 글을 쓰는 게 나의 일이라니!

얼마 전 엄청난 실수를 했다. 초등학교 2학년인 정훈이와 수업을 할 때였다. 독후 활동이 책에 나오는 물건 중에 하나를 골라 광고하는 글 쓰기였다. 이 독후 활동을 할 때 어떤 아이는 백설 공주의 독 사과를 광고하는 글을 썼고 또 어떤 아이는 하늘을 나는 양탄자로 광고하는 글을 쓰기도 했다. 정훈이는 자신이 읽은 책에서 무엇으로 광고하는 글을 써야 할지 몰라 망설이고 있었다. 정훈이의 망설임이 길어지자 나는 어떻게든 도움을 주고 싶었다.

"정훈이 오늘 사슴 책 읽었네? 사슴뿔은 녹용이라는 약재로 유명한데, 우리 사슴뿔 잘라서 녹용으로 광고하는 글을 써 볼까?"

아, 그때 책 표지에 그려진 사슴뿔을 바라보는 정훈의 눈빛이 흔들렸다. 그러더니 내게 조그맣게 이야기했다.

"사슴이 이렇게 살아 있는데 사슴뿔을 자르면 사슴은 어떻게 해요?"

"어, 어… 그렇지……."

나는 순간 아무 말도 못 하고 얼음이 되었다. 동심 파괴! 내가 한 행동이지만 어떻게 정훈이에게 그런 말을 했는지 지금 생각해도 어이가 없다. 그런데 그렇게 무지막지한 실수를 하고도 그때 정훈이의 표정과 말투와 눈빛이 귀여워서 자꾸 웃음이 났다. 심지어 어머니께 죄송하다고 전화를 하면서도 '어머니, 정훈이가 그랬어요. 정훈이 대견하지 않아요?' 그런 실수를 해놓고 뻔뻔하게 어머니께 전화를 하고 정훈이가 귀엽다며 어쩔 줄 몰라 하는나. 나의 실수보다 아이가 대견하고 귀여운 게 먼저다. 나는 그만큼 아이를 좋아한다. 책을 읽고 아이들과 이야기를 나누는 게 재미있다. 가끔 미처 내가 생각하지도 못했던 반응을 보이면 너무 신이 나고 아이와의 교감에 뿌듯한 마음이 든다.

준영이는 6학년 남자아이로 책 읽는 것을 별로 좋아하지 않는 아이였다. 대충 건성 건성으로 책을 읽는 것 같아 늘 걱정이었다. 그래도 책 읽는 수준은 나쁘지 않은 편이라 어느 날은 청소년 소설을 한 권 권해 주었다. 중학생이 주인공이었는데, 사춘기를 겪는 또래 이야기라 그런지 정말 재미있어했다. 그때부터 창작 책을 읽는 날이면 청소년 소설을 권했는데 특히 이꽃님 작가 책을 무척 좋아했다. 『죽이고 싶은 아이』를 읽고 『세계를 건너 너에게 갈게』까지 읽더니 『여름을 한입 베어 물고』를 샀다며 자랑했다. 『여름을 한입 베어 물고』는 학원에 없었는데 "제가 다 읽고 선생님께 빌려드릴게요."라고 했다. 그 이후로 『페인트』, 『비스킷』, 『테스터』, 『스노볼』 할 것 없이 청소년 소설을 곧잘 읽었다. 청소년 소설을 읽는 조건으로 비문학 책은 물론 신문과 교과 문학책도 열심히 읽고 있다. 이렇게 아이들이 성장, 발전하는 모습을 보면 너무 대견하고 흐뭇하다.

승호는 중2 남자아이로 학원에서 나를 독차지하는 아이다. 초등학생 아이들이 내 앞에 앉아 있다가도 승호만 오면 "형, 왔네."라며 자리를 비켜준다. 내 앞에 앉으면 조잘조잘 말이 얼마나 많은지 수행평가 이야기, 수학 학원 이야기, 교육청 과학 영재원 수업 이야기 등 끝이 없다. 그런데 집에서는 말이 없는 아이라고 했다. 방문 너머에 있는 사춘기 아이. 학원에서 승호가 어떤지 이야기하자 어머니는 다행이라고 하셨다. 나를 통해 승호의 고민과 어려움, 승호의 일상을 엿볼 수 있다며 고마워했다.

학교 시험이 끝나고 승호에게 『프랑켄슈타인』을 권했는데 보름 넘게 그 책만 붙들고 있었다. 책 읽는 속도가 너무 느렸다. 책이 승호에게 어려웠나? 라고 생각했는데, 승호가 A4용지 앞뒤로 빽빽하게 쓴 두 장의 독서 감상문을 내밀었다. 그렇게 긴 독서 감상문을 쓰면서 책을 읽느라 속도가 느렸던 것이다. 그래도 그렇지 무슨 독서 감상문을 A4용지 두 장씩이나! 줄거리를 장황하게 다 쓴 건 아니겠지? 라며 의심스럽게 쳐다보자 무슨 연애편지를 주듯이 자기가 집에 가고 나면 읽어 보라고 했다. 선생님 안 볼 때 몰래몰래 쓰고 집에서도 썼다고. 오로지 나에게 보여 주기 위해 쓴 독서 감상문이라는 것이었다. 그것만으로도 감동이었는데 독서 감상문의 내용은 더욱 놀라웠다. 중2가 쓴 글이 맞나 싶을 정도로 너무 심오하고 철학적이었다. 줄거리는 단 한 줄도 없이 오로지 승호의 생각들로만 가득 찬 글이었다. 프랑켄슈타인을 만든 과학자의 양심과 도덕성, 외모만 보고 프랑켄슈타인에게 편견을 가지는 사람들에 대한 비판, 프랑켄슈타인의 외로움과 고독, 프랑켄슈타인이 원하는 대로 여자 친구를 만들어줬을 때 우려되는 상황 등 책 한 권을 완전히 씹어 먹은 것 같았다. 어머니께 자랑했더니(어머니 아들인데 승호가 마치 내 아들인 양 자랑을 했다.) 어머니도 기특해하며 좋아했다.

이 아이들뿐만 아니라 나를 들뜨고 행복하게 하는 아이들이 정말 많다. 학원에 있으면 시간이 얼마나 잘 가는지 출근한 지 얼마 되지 않은 것 같은데 눈 깜빡할 사이에 벌써 퇴근 시간이 되곤 한다. 평생 자신이 좋아하는 일을 하며 살 수 있다면 얼마나 좋을까? 나는 오늘도 아이들과 마주 앉아 책을 읽고, 생각을 나누고, 글을 쓰는 이 시간이 얼마나 소중한지 느낀다. 누군가에겐 평범한 하루일 수 있지만, 나에겐 매일이 특별한 선물이다. 좋아하는 일을 하며 누군가의 성장을 함께 할 수 있다는 것, 그것이 내가 일터에서 느끼는 진짜 행복이다. 즐겁게 오래 일을 하고 싶다면 자신이 좋아하는 일을 찾아보라고 말하고 싶다. 돈보다 나를 행복하게 하는 일, 하다 보면 시간 가는 줄 모르게 몰입하게 되는 일, 내일이 기대되고 해도 해도 질리지 않는 일. 그런 일과 시간을 찾아보자. 일하는 시간을 즐겁고 행복한 시간으로 만들어 보자.

여백 만들기

변상진

딱 하루만이라도 그 어떤 누구와도 연락이 닿지 않는 곳에 오롯이 혼자이고 싶었던 적이 있다. 나를 지칭하는 여러 호칭이 시간과 장소를 가리지 않고 메아리처럼 환청으로 맴돌았다. 그러던 어느 날부터 나는, 나도 모를 한숨이 늘어가고, 그 어떤 무엇도 하고 싶지 않으며, 짜증을 쏟아 내고 있는 나를 마주하게 되었다. 그것이 번아웃이었음을 인지한 건 꽤 시간이 흐른 뒤였다.

어느 날, 누군가가 나에게 이런 말을 했다. "ㅇㅇ씨는 요즘 생활이 즐겁나요?"

예상치 못한 질문에 순간 당혹스러웠지만, 이런저런 일들로 바빠 여유가 없었다고 대답했다. 한참 생각한 그는 "주어진 모든 일들을 다 해내야 하는 건 아닙니다. 지금 ㅇㅇ씨는 그것들을 숙제처럼 꾸역꾸역하고 있는 것처럼 보여요. 모두 당장 해내야 하는 것은 아니니 조금만 여유를 가져 보세요."라고 말했다. 그 당시에는 내 상황도 모르는 배부른 소리라 치부하며 쉬이 넘겨버렸다. 하지만 며칠이 지나도 '숙제'라는 단어가 계속 맴돌았다.

내가 진짜! 모든 일을 정말 숙제처럼 하고 있나? 라는 의문이 들기 시작했다. 그래서 매일 하는 일들을 곰곰이 생각해 보았다.

모름지기 엄마라면 아이들의 아침 식사는 반드시 챙겨야 하고, 10시 전에는 잠자리에 들게 하며, 아이들에게 혹시 생길지도 모르는 불안 요소를 미리 제거하거나 요인을 만들지 않으며, 아이들의 이야기에 귀 기울여 주는 친구 같은 존재가 되어야 한다. 청소와 두 번의 세탁, 내일 돌봄이모님이 아이들 챙겨줄 반찬을 준비하는 건 기본이고 집 정리까지 하고 나면 엄마로서의 일과가 마무리된다. 그 후 나를 위한 공부까지 하다 보면 어느새 새벽은 짙어져 간다. 다음 날, 이른 아침부터 분주히 준비하여 아이들을 학교 보내고 나는 회사에 간다. 쉴 틈 없이 전화 받고, 계획서를 쓰고 동료의 푸념을 듣다 보면 또 하루가 저물어 간다. 퇴근하면서 그간 미루었던 부모님께 전화도 드리고, 주말에는 꼭 찾아뵙겠다고 한다. 주말에 남편이 집에 오면, 한참 뵙지 못한 부모님 댁 방문 이야기로 잠시 실랑이한다. 일주일을 기다려 만난 아내에게 남편은, 아이들과 부모님만 챙기지 말고 본인도 바라봐 달라 투정한다. 나는 주말 동안 쓸 에너지가 거의 남아 있지 않은 상태인데 말이다. 그렇지만 나는 '모든 직장맘들의 일상이 나와 비슷하지'라고 생각하며 하루하루를 보냈다.

하지만 조금 더 생각해 보니 그들과 차이가 있었다. 그 행위를 '반드시' 해야 하며, '언제까지 꼭 해야 한다.'는 강박. 그러다 내가 정한 기준에 미치지 못하거나 협조하지 않는(그렇게 생각하는) 애꿎은 아이들과 남편에게 화를 내고 재촉했던 것이다.

그분의 말처럼 나는 모든 일을 진짜, 숙제처럼 하고 있었다. 그동안 내가 인지하지 못한 강박에 갇혀 숙제를 다 하지 못한 날은 늦은 새벽까지라도 마무리한 후 잠자리에 들었다. 피곤한 채로 출근한 직장에서는 부당한 지시에도 수긍해야만 하고 사내의 시시콜콜한 이야기에 맞장구쳐 줘야 사회생활을 잘하는 것이라 여겼다.

모든 일이 나에겐 해야 하는 숙제였고, 시간 내 다 하기엔 무척이나 버거웠다. 그러다 보니 남은 에너지도 없을 뿐만 아니라 항상 개운치 않은 몸 상태와 시간이 지날수록 옹졸해지는 마음만이 남았다. 모든 인간관계에 대해서도 회의가 들고 개선하고자 하는 의욕마저도 사라져 갔다.

휴직하기로 마음먹었다. 물리적인 시간이라도 만들어 억지 여유라도 만들어 보고자 함이었다. 휴직 첫 달은 컴퓨터도 켜지 않고, 최대한 외부 소통은 자제하며 타인과의 관계를 줄여나갔다. 집순이로 생활하며 아이들 등하교를 지켜보고, 가끔은 같이 해 보기도 하는, 그런 평범한 시간을 보냈다.

단순한 일상으로 3개월 정도의 시간이 흘러가니 심심해졌다. 여유로움이라는 것이 나에게도 찾아와 슬슬 재미있는 일이 뭐가 있을까? 하며 기웃거리기 시작했다. 잠시의 물리적 여유가 가져다주는 보상은 놀라웠다. 아이와 눈을 맞추며 이야기하고 있는 나를 발견할 수 있었으며, 사람과의 만남이 즐거울 수도 있음을 알게 되었다. 가장 큰 변화는 화가 나지 않는 마음이었다. 마음이 동글동글해져서 상대의 뾰족한 마음도 받아 줄 여유가 생기고, 지쳐 있는 상대에게 '그렇게 해도 괜찮아', '넌 잘하고 있어'라는 위로의 말을 건넬 수 있는 사람으로 변해가고 있다. 짧은 시간 내 회복되는 나 자신도 놀라웠지만 내 삶에도 소소한 즐거움과 소중한 것들이 많음에 새삼 놀랐다.

그동안 너무 잊고 있었나 보다. 억지 여유가 가져다준 보상—삶의 여백, 동글동글해지는 마음, 나는 예쁜 마음을 가진 사람이었다.

억지로 만들어 낸 시간이었지만 잠시의 쉼으로 얻어진 내 삶의 여백, 지난 1년은 나의 인생에 중요한 터닝포인트였고 탁월한 선택이었다. 삶에 주어진 다양한 역할은 정해진 시간 내 반드시 마쳐야 하는 숙제가 아니었음을 알게 된 시간이었다. 반드시 해야 하는 일들만 존재하는 것도 아니고, 오늘 조금 못한 일, 내일 해도 세상이 무너지지 않았으며, 광활한 우주 속 미약한 존재 나 하나쯤 조금 늦다 해서 이변이 일어나지 않는다는 사실을 받아들일 수 있는 시간이었다.

어른이 되면, 결혼하고 부모가 되어 주어진 역할과 책임이 늘어난다. 에너지 총량은 정해져 있는데 어른의 시간을 보내면 보낼수록 책임감과 의무 감으로 포장되어 에너지 소비량이 급격히 늘어난다. 한계치를 넘어서는 소 비로 자신을 자꾸 갉아먹게 되고, 동그랗던 마음에 모가 나 뾰족뾰족 변해 버린다. 어른이 되면서 우리는 일종의 강박(과도한 책임감이라 부를 수도 있는)에 사로잡혀 삶의 작은 여백의 여유를 잃어버린 채 하루를 살아가고 있는지도 모른다. 나의 숙제처럼 말이다.

회사로 복직한 나는 여전히 바쁘다. 아이들 케어는 여전하고, 학업도 마 무리 짓지 못했으며, 회사에서는 새로운 업무로 코에 단내 나도록 쉼 없이 일하고 있다. 1년 전과 별반 다르지 않은 하루를 보내고 있지만 자책하는 동 료에게 '그럴 수도 있지.', '그래도 괜찮아.'라는 말을 건넬 수 있는 약간의 여 유를 가진 사람으로 변하고 있다. 친구 관계로 힘들어하는 아이에게 나의 지난 경험을 들려주기도 하고, 같이 화를 내거나 흉도 보는 엄마로 살아가 고 있다.

가끔, 타고난 성정 탓에 스스로 재촉하거나, 마무리 짓지 못한 일들로 불 안해하기도 한다. 하지만 잠시의 여유로 마음이 동글동글해질 수 있음을 나 는 알고 있기에 숙제라는 강박으로 몰아가는 자신을 발견할 때면 억지의 여 유라도 가지려고 노력한다. 그마저 여의치 않을 땐, 잠시 짬을 내어 행복했 던 과거의 어느 한순간을 떠올리며, 작지만 여백을 만들어 보기도 한다.

칠순의 할머니 굽은 등에 업혀 터덜터덜 집으로 돌아오던 철부지 5살의 어느 날, 뒷산에 올라 이것저것 나무 이름을 묻는 수다쟁이 딸과 무심한 듯 알려 주시는 아빠와의 추억, 새벽이슬 맞으며 운동장에 누워 쏟아지는 별똥별을 보며 잠들었던 여름밤, 늦은 밤 부모님 몰래 남자 친구 만나기 위해 뒤꿈치 들고 나가던 설렘, 이젠 존재하지 않는 마지막 비둘기호에서 차장 아저씨와 공놀이하던 강릉 여행, 귀가 떨어질 듯한 추위를 경험한 6월의 설악산, 가슴팍에 얼굴을 묻고 젖을 빨며 썩소를 날리는 아이와 눈 맞춤, 세상에서 엄마가 제일 좋다며 배시시 웃는 얼굴. 짧게 스쳐 지나간 순간이었지만 뇌리에 또렷이 박힌 행복의 시간, 재촉하는 나에게 여유를 주는 여백처럼 말이다.

마음에도 비어 있는 공간이 있어야 무언가를 채워 넣을 수가 있다. 어른이 되면서 다양한 역할로 해야 할 일이 많아 책임과 의무도 커진다. 모름지기 어른이 되었으면 마땅히 해야 하는 일들임은 틀림없다. 이를 부정하지는 않는다. 하지만, 모든 사람이 모든 일을 언제나, 잘, 반드시 해내야 하는 것은 아니다. 비록 어른이 되었지만, 우리에겐 여전히 첫 경험들이 존재하기에 서툴 수 있다. 또 많은 일에 실수할 수도 있으며, 여전히 실패 가능성도 존재한다.

자신의 책임감을 임계점까지 가득 채우지 않았으면 한다. 여러 일로 가슴이 답답해지거나, 시간에 쫓겨 불안해질 때, 마무리되지 않은 숙제들로 강박에 사로잡힌 그때, 행복의 순간을 떠올리거나 잠시의 쉼으로 여백을 만들어 보는 건 어떨까? 바쁜 하루의 작은 여백이 소소한 행복의 시간으로 추억되지 않을까? 오늘도 수고한 나와 당신의 하루를 응원한다.

나의 속도로 시작되는 삶

안여진

행복의 시간은 나만의 여유에서 시작된다. 여유는 정서적 만족과 삶의 힘을 준다. 여기서 말하는 여유는 시간적 여백이 아니라 마음의 쉼이다. 다행다복 사자성어를 마음속에 품고 산다. 행복과 복이 많다는 말이다. 내 스스로의 행복을 찾아 나선다. 어디에 가져다 놓아도 나는 행복하다는 주문이 필요하다. 여러 가지 행복의 마음 중 하나가 나만의 시간을 통해 내면의 평화를 찾는 순간이다.

여유는 시간을 사랑하는 마음과 이어진다. 시간을 허투루 흘려보내고 싶지 않다. 약속 장소에 일찍 도착해 창밖을 바라보며 숨을 고르는 찰나, 쫓기지 않는 느린 숨이 나를 다독인다. 요즘 들어 시간에 대한 생각이 많아졌다. 늘 효율적으로 시간을 써야한다는 강박 속에 살아왔지만, 과연 그게 진짜 삶일까? 라는 의문이 들었다. 최근 기사에서 휴식의 중요성에 대해 알게 되었다. 휴식이 온몸 건강, 집중력, 심지어 대사 기능까지 개선한다고 강조했다. 내가 쉼을 너무 등한시해 왔음을 깨닫게 했다.

"요즘 뭐 하면서 쉬어?" 오랜만에 만난 동창의 물음에 나는 잠시 멈칫했다. 그 짧은 질문이 왜 그렇게 낯설게 느껴졌을까. 쉼이라니. 그 단어 자체가 내 삶의 언어에서 조용히 사라져 있었던 것 같다. 어색하게 웃으며 대답했다. "쉼이라… 잘 모르겠어. 요즘은 쉴 때도 머릿속이 너무 바빠." 그 말을 내뱉고 나서야 나는 내가 얼마나 여유 없이 살고 있는지 깨달았다. 그동안 나는 쉼 없이 살아왔다. 마치 시간이 나를 밀어붙이기라도 하듯, 늘 다음과 다음을 쫓아갔다. 밥을 먹을 때도, 차를 몰 때도, 눈을 감을 때조차 내일 할 일들이 머릿속을 떠다녔다. 잠시라도 멈추면 뭔가를 놓칠까 두려워서, 나는 쉬지 못하고 늘 달려왔다. 그런 내가 이제야, 이렇게 질문을 던진다.

"나는 나에게 쉬는 시간을 준 적이 있었나?" 그 질문에 가슴 한쪽이 말없이 아팠다. 쉼이란 단순히 아무것도 하지 않는 게 아니다. 그건 나 자신에게 다시 돌아가, 내가 나를 온전히 느끼는 시간이다. 그동안 나는 너무나도 바쁘게, 너무 빨리 살았던 것이다. 여유가 없었던 시간들 속에서 나는 내가 무엇을 놓쳤는지 몰랐다. 아이들의 웃음소리, 엄마로서의 내 모습, 그리고 아이가 말하는 그 짧은 머뭇거리는 시간조차도 나는 빨리 말하라며 서두르게 만들었다. 아이가 내미는 시간을 그냥 받지 못하고, 확 잡아당기기만 했던 엄마였다. 그렇게 나는 여유 없이, 흘러가는 시간을 지나쳐 왔다. 내 삶은 '다음'이라는 단어로 채워졌고, 그 안에서 나는 점점 내 자신을 잃어갔다.

행복의 반대는 불행이 아니라, 비교다. 남의 속도를 맞추며 남의 시선에 나를 맞추려 하면 안 된다. 바꿀 수 없는 것에 집착할수록 나 자신을 잃는 것이다. 빠듯한 시간 안에서 엄마로서의 일, 사회에서의 나, 좀 더 나은 사람으로 살기를 바랐다. 나는 매일 빠른 걸음으로 걷고, 뛰었다. 무릎에는 멍자국이 항상 있었다. 손에 든 짐에 뛰다 넘어지기도 했다. 뭐가 그리 바쁜지 내 걸음에는 여유가 없었다.

조금 더 편안한 마음으로 삶을 대했더라면…. 하는 아쉬움이 이제야 든다. 시계의 초침에 쫓기듯, 해야 할 일과 가야 할 곳 사이를 오가며, 나는 나를 앞질러 달렸다. 성격도 급해졌다. 말도 꼭 해야 할 말만 해야 할 것 같았다. 하지만, 어느 순간 나는 멈춰 서서 생각했다. 발걸음을 늦추고, 숨을 깊이 들이마셨다. 더 이상 뛰지 않아도 괜찮다고, 천천히 걸어도 내가 나를 잃지 않는다고 토닥였다. 그 날 이후, 스피커에 잔잔한 음악을 채우고, 하늘엔 구름 한 점 있나 한 번 더 올려다보며, 내 걸음에 숨 쉴 틈을 주었다.

세상의 소란을 잠시 내려놓고, 내 안의 고요한 리듬을 느끼는 틈. 나의 하루는 문을 열고 밖으로 나서는 작은 발걸음에서 시작된다. 차에 앉아 따스한 시트를 켜고, 좋아하는 노래를 틀면, 그 공간은 나만의 아늑한 둥지가 된다. 바쁜 아침이라 해도 이 순간만큼은 느긋함을 껴안고 싶다. 아무도 방해하지 않는 시간, 목적지를 향해 가는 길에 따뜻한 차 한 잔을 곁에 두고, 때로는 휘핑크림 가득한 달콤한 커피를 손에 쥐며 나를 다독인다. 이 느린 여유는 화려한 선물이 아니라, 마음을 감싸는 조용한 선물이다. 나를 돌아보고, 내가 무엇을 좋아하는지, 어떤 순간에 행복을 느끼는지 생각해 본다. 당신도 느껴보지 않겠나, 이 작은 틈이 주는 평화로움을.

벚꽃이 흩날리던 어느 비 오는 아침, 차 안에서 잠시 머물렀던 순간이 떠오른다. 창밖으로 빗방울이 유리창을 스치며 부드럽게 흘렀고, 라디오에서 흐르는 잔잔한 노랫소리가 마음을 어루만졌다. 여자 아나운서의 목소리마저도 노랫소리처럼 다정하게 들렸다. 5분 남짓한 그 시간은 나를 평온으로 감쌌다. 세상은 여전히 분주했지만, 나는 그 안에서 따뜻한 숨을 쉴 수 있었다. 행복은 이렇게 소소한 틈에서도 찾아온다. 이 글을 읽는 당신도 알게 될 것이다.

나를 위한 시간을 가져 보자. 타인의 속도에 맞추느라 소중한 내 시간을 잊지 말자. 돌부리에 걸려 넘어지면 넘어지는 대로 먼지를 툭툭 털고, 다시 천천히 일어서면 된다. 여유가 있어야 앞으로 나아갈 힘이 생긴다. 이제, 나는 그 여유를 찾아가려고 한다. 조금씩 나를 돌아보고, 숨을 고르며, 내가 언제 미소 지을 수 있는지, 어떤 작은 순간에 마음이 따뜻해지는지 느끼려고 한다. 내가 여유를 가지면 세상도 그만큼 부드럽고 아름답게 다가올 것이다. 그래서 오늘 나는 다시 다짐한다. 여유를 찾고, 나를 되찾는 일을. 그 작은 자유가 내 삶을 얼마나 가볍고 예쁘게 만들어 줄지 기대하며.

이제 나는 여유를 품은 걸음을 걷는다. 빠르게 달리던 내 걸음이 나를 나에게서 멀어지게 했던 건 아닐까. 요즘 나는 시간이 너무 빨리 지나가는 것에 놀란다. 주어진 시간은 모두 같으니, 시간은 허투루 쓰지 않겠다는 마음이 걸음을 조급하게 했나 보다. 그래서 나는 조급함을 내려놓고 나를 위한 시간을 가지겠다고 나와 약속한다. "내가 쓰는 단어와 머릿속 그림이 나를 빚는다"라는 말처럼, 밝은 곳으로 나를 이끌면 어두움도 스르륵 녹는다.

앞서 말했듯, 나랑 사랑하는 시간은 여유로운 마음에서 만들어진다. 여유는 내가 만들어 가는 것이다. 나는 자연 속에서 한결 여유로워진다. 최근 찾아간 곳은 군위 사유원이다. '생각하는 정원'에서 산을 오르는 수고는 금세 잊혔다. 바람의 속삭임, 새들의 노래, 단풍의 춤이 나를 숨 쉬게 했다. 정상에 올라 바라본 풍경은 눈부셨다. "이거야." 쌓였던 근심이 바람에 날아갔다. 이렇게 쉬어 가게 하다 보니 나는 알게 되었다. 내가 어떤 시간에 행복한지. 하지만 일이 쌓이고 마음의 여유가 옅어질 때, 날카로움이 나를 덮친다. 그럴수록 부드러운 손길로 나를 토닥여야 한다. 실수에 매달리기보다 너그럽게, 몰아세우기보다 숨을 돌리며 나를 지켜야 한다.

나는 이런 시간을 보내고 싶다. 빽빽이 들어선 콘크리트 건물 사이보다 한적한 시골 창가에 앉아 초록색으로 덮인 나무를 눈앞에 두고 따뜻한 차와 책을 읽으며 하늘을 멍하니 바라보고 싶다. 바람이 커튼을 살며시 흔들고,

멀리서 새소리가 들려오는 오후에 세상과 잠시 떨어져, 내 숨소리만 들리는 고요한 시간을 가지고 싶다. 사랑하는 이와 깔깔대며 전화로 이야기를 나누거나, 좋아하는 노래를 들으며 한적한 길을 걷는 여유도 좋겠다. 나로 충분하다고 느끼는, 행복한 시간 안에 단순하고 따뜻한 순간을 더 많이 느끼고 싶다.

행복은 타인을 앞세우지 않고, 내가 빛나는 순간, 따뜻해진 순간에 마음을 두면 된다. 그 힘은 온전히 내 곁에서 자란다. 그러니 우리 모두, 나를 위한 시간을 품자. 그 작은 포옹에서 피어나는 행복이 세상을 더 따뜻하게 비춘다.

나만의 소소한 루틴

윤혜원

'루틴.'

사전적 정의는 '특정한 작업을 실행하기 위한 일련의 명령. 프로그램의 일부 혹은 전부를 이르는 경우에 쓴다.'이다. 즉 어떤 일을 실행하기 전에 행하는 일련의 행동들을 말한다. 흔히 운동선수들이 최고의 운동 수행 능력을 발휘하기 위하여 습관적으로 하는 동작이나 절차를 말할 때 쓰인다. 또 일상 속의 규칙적인 습관을 이르는 말이기도 하다.

아이가 없던 시절 나만의 잠자리 루틴이 있었다. 먼저 잠옷으로 갈아입고 이불 속으로 쏙 들어간다. 그리고 폭신폭신한 이불을 덮고 누워서 그날그날 하고 싶은 것을 하다가 잠에 드는 것이다. 책을 읽기도 하고 좋아하는 영화의 애정하는 장면만을 골라서 보기도 했다. 배고픔이 유난히 심한 밤에는 먹방 유튜브를 보며 배고픔을 달래다 잠에 든 적도 있다. 좋아하는 가수의 노래나 잠들기 전 기분을 좋게 해 주는 영화음악을 듣는 날도 많았다. 가끔 핸드폰의 사진첩을 뒤적이며 남편과 추억을 떠들다가 잠에 들기도 했다. 두고두고 꺼내보고 싶은 순간을 보낸 날은 sns에 하루를 기록했다. 반면 삭제 버튼을 누르고 싶은 날은 일기장에 감정과 생각을 끄적이는 것으로 하루를 지워냈다. 남편은 남편대로, 나는 나대로. 서로의 시간을 존중하며 침대 위에서 '오늘'에 마침표를 찍었다.

폭닥폭닥한 이불 속은 포근하고 안락하다. 하루의 피로를 풀기에 이보다 더 적당한 장소는 없다. 하루 종일 숨차게 달렸을 뇌도 숨을 고르는 시간. 몸이 편안해지면 마음에도 평화가 찾아오기 마련이다. 마음도 숨을 고른다. 여기에 내가 좋아하는 음악, 책, 영화로 즐거움을 더한다. 또 하루를 돌아보는 시간은 유익하다. 하루를 돌아보며 내 감정을 정리하고 기록하는 것만으로도 하루의 감정을 갈무리 지을 수 있다. 그래서 어떤 하루를 보냈느냐와 무관하게 잠자리 루틴은 '그래도 행복한 하루였다'로 만들어 주는 마법의 습관이다.

일상에서의 규칙적인 루틴은 삶에 예측 가능성을 더해 주어 불확실성에서 오는 불안감과 스트레스를 줄이는 데에 도움이 된다고 전문가들은 말한다. 스트레스와 행복은 물과 기름이다. 또 규칙적인 식사, 수면, 운동 등은 건강한 생활 습관을 만든다. 건강한 몸과 건강한 마음은 실과 바늘이다. 루틴은 자신이 삶을 주도적으로 살아가고 있다고 느끼게 한다. 내가 정한 목표를 달성하는 과정에서 성취감도 느낀다. 작은 성취감이 쌓이면 행복으로 이어진다. 이런 루틴의 긍정적인 면은 우리가 행복 스위치를 켜는 데 도움을 준다.

아이 둘을 모두 잠옷으로 갈아입혔다. 하지만 졸린 기색은 보이지 않고 여전히 놀이공간의 이곳저곳을 기웃거린다. 아이들이 졸려 하든 말든 상관없다. 항상 같은 시간에 잠자리에 드는 습관을 들이는 중이다. "우리 자기 전에 읽을 책 두 권씩 챙겨서 이제 방으로 가자~" 내 말이 끝나면 바로 아이들은 책장으로 잰걸음을 옮긴다. 거의 매일 비슷한 책을 고르는 걸 보면 아기들도 취향이 있는 게 분명하다. 22개월 아이 둘과 마치 한 몸이 된 것처럼 누워 책을 읽어 준다. 잘 듣고 호응을 해 주는 날도 있고, 읽고 있는 중간에 책을 뺏어 그만 읽으라는 신호를 주는 날도 있다. 책을 다 읽고 나면 불을 끄고 누워서 한 명씩 번갈아 가며 안아 준다. 뽀뽀도 해 주고 사랑한다는 말도 빠트리지 않는다. 대답을 꽤 잘하는 아이들이라 "오늘은 잘 놀았어?" "내일도 재미있게 놀자~" 같은 질문에 짧지만 분명하게 "응!"이라고 답해 준다. 이 소리를 들려주지 못해 안타까울 지경이다. 이 책이 아기들이 읽는 사운드 북이라면 좋으련만. 온갖 애정 표현을 해 주고 마지막으로 "잘 자~ 엄마는 이제 잔다~" 하고 베개에 머리를 파묻는다. 클라이맥스는 지금부터다. "아빠빠빠." "엄마엄마." "치즈, 사과, 키위…" 어두운 방에 들리는 건 '삐약'대는 아기들 목소리뿐. 서로 주고받기도 하고 각자 하고 싶은 말을 서툰 발음으로 재잘거린다. 입으로 소리 낼 수 있는 단어란 단어는 모두 한 번씩, 아니 졸음이 올 때까지 반복하겠단 심산이 분명하다. 목소리는 어찌나 귀여운지. 자는 척하고 누워서 듣고 있으면 조그마한 입을 오물거릴 표정이 생각나서 당장 입술에 뽀뽀 세례를 퍼붓고 싶어진다. 빨리 잠드는 날은 시쳇말로 육퇴가 빨라져서 좋고, 한참을 쫑알거리다 잠드는 날은 치즈를 '치쩌'라고 발음하는 귀여운 소리를 오래 들을 수 있어서 좋다.

쌍둥이 엄마가 된 이후 오랜 기간 누려왔던 혼자만의 달콤한 루틴은 언감생심. 하지만 아이들과 함께하는 새로운 잠자리 루틴을 만들어 가고 있다. 숨소리를 죽이고 두 눈을 꼭 감고 아이들의 숨소리, 목소리, 움직이는 소리에 모든 신경을 모은다. 그러면 보이지 않지만 볼 수 있게 된다. 소리만으로 표정과 움직임을 상상하고 있으면 입꼬리는 어느새 승천 중이다. 아이를 키우는 집에선 매일 펼쳐지는 흔한 시간이다. 하지만 오후 내내 아이와 떨어져 지내는 나에게는 무엇과도 바꾸고 싶지 않은 시간이다. 또 쏟아지는 잠을 쫓아내고 내일을 준비하기 위해 아이 방을 나서는 힘을 얻는 시간이다.

행복은 개인의 욕구와 가치에 따라 달라지는 주관적인 감정이다. 어떤 사람에게는 물질적 성취가, 다른 사람에게는 의미 있는 관계나 정신적 만족이 행복의 기준이 될 수 있다. 고로 행복은 자기만족이다. 소소한 행복이라는 말이 있다. '소소한 행복'에서 '소소(小小)'는 '작고 대수롭지 않은 것'을 뜻한다. 우리가 일상에서 흔히 지나칠 수 있는 작은 기쁨이나 만족감이다. 마음이 맞는 사람과 따뜻한 커피를 마시거나, 좋아하는 책을 읽는 것, 나의 잠자리 루틴처럼 특별히 거창하지 않지만, 각자에게 소중한 순간들을 의미한다. 이러한 소소함은 사소하거나 보잘것없다는 의미가 아니라, 작지만 분명한 가치를 말한다.

우리는 자주 큰 성취나 특별한 이벤트에서만 행복을 찾으려고 한다. 이러한 행복은 일시적이다. 하지만 작은 행복은 매일 반복적으로 경험할 수 있다. 작지만 매일 만나는 행복. 소소한 행복 루틴을 만드는 것이다. 즉 나만의 행복을 설계하는 것이다. 아침 루틴을 만들어도 좋다. 가벼운 운동을 하거나 따뜻한 차를 마시며 하루를 설계해 보는 것이다. 매일 저녁 그날의 감정을 정리하는 시간으로 행복하게 하루를 마무리 지을 수도 있다. 일상의 순간순간에 집중하는 습관, 현재에 만족하는 습관도 필요하다.

우리는 매일 행복할 자격이 있다. 그 자격은 내가 나에게 주는 것이다. 나를 위한 행복 습관, 소소한 행복 루틴이 필요한 이유다. 시작이 반이다.

밤하늘의 별처럼 빛나는 시간

이경주

나는 경상북도 성주에서 3녀 중 둘째로 태어났다. 농촌 마을로 주민들 대부분이 참외 농사를 지었다. 우리 집은 참외 농사와 벼농사를 지었고 소도 키웠다. 부모님을 도와 농사일을 하고 자연을 벗 삼아 지낸 모든 순간들이 지금 생각해 보면 평온한 시간이었다. 한번은 고구마를 캔 적이 있었다. 호미를 사용해서 손보다 더 큰 고구마를 땅에서 올렸을 때 마치 큰 물개와 같았다. 너무나도 신기했고 뿌듯한 마음에 함박웃음을 지은 기억이 난다. 소도 세 마리 키웠는데 어미 소가 송아지를 낳았을 때 말로 형언할 수 없는 생명 탄생의 기쁨을 느꼈다. 신기하게도 금방 태어난 송아지는 제법 빨리 움직이고 또 걸었다. 아기는 12개월 즈음 겨우 걷는데 다른 점이 놀라웠다. 농촌에서 소는 집안의 재산이다. 우리 집 역시 그랬다. 조막만한 손으로 아궁이에 나무를 넣고 불을 지펴서 큰 솥에 소죽을 끓여 주었다. 소에게 짚을 삶아 먹이를 줄 수 있어서 뿌듯했던 기억이 있다. 소를 데리고 뒷동산에 가서 한가로이 풀을 뜯어 먹게 했었다. 풀을 뜯다가 앉아서 되새김질을 하는 모습도 보였다. 자연을 벗 삼아 맑은 공기를 마시는 것이 여러 가지 잡념을 잊게 하였고 오롯이 소와 나에게 집중할 수 있었다. 어떤 고민이나 염려가 없는 평온함을 느꼈다.

집은 동네에서도 가장 높은 곳에 위치해 있었으며 작고 아담한 곳이었다. 마을 입구에 들어서고도 10분은 족히 더 걸어야 집에 도착할 수 있었다. 집은 학교가 있는 곳과 10km 정도 떨어진 곳에 있었다. 학교를 다니면서 버스를 타고 통학했다. 그런데 가끔은 차비로 맛있는 과자를 사 먹고 걸어서 집으로 왔다. 다리가 아프긴 했지만 몰래 '내가 원하는 것을 해서일까' 왠지 모를 짜릿함과 기쁨을 느꼈다. 부모님의 노력 덕분에 고등학교 때 동네에서 가장 가까운 도로가로 이사하게 되었다. 한옥에서 양옥으로 옮긴 새로운 보금자리에서 행복감을 느꼈다. 깨끗하고 반듯한 새집은 나와 가족들을 기쁘게 해 주었다.

어릴 적 동네에서 했던 놀이는 비석치기, 공기놀이, 고무줄놀이, 오자미 놀이였다. 친구들과 함께 큰 돌멩이로 비석치기 하는 것을 참으로 좋아했었다. 집중해서 돌멩이를 내려치면 인사하면서 넘어지는 비석치기가 재미있었다. 먼 거리에서도 무척이나 잘 쳤던 비석치기였는데 정확하게 명중해서 넘어지는 비석을 볼 때마다 통쾌한 기분이 들었다. 동네에서 돌멩이를 가지고 다양한 종류의 공기놀이를 하였다. 우리 집 아이들도 최근 공기놀이에 푹 빠졌다. 나를 "공기의 신"이라고 부르며 재미있게 하고 있다. 고무줄놀이는 친구들과 즐겨하는 놀이였는데 낮은 위치로부터 높은 위치까지 단계적으로 올리고 그것을 성공했을 때 짜릿한 기분이 느껴졌다. 겨울이 되면 집 뒤편 내리막길에서 비료포대를 엉덩이에 깔고 쌩쌩 달렸다. 바람을 가르면서 참으로 시원했다. 농촌이라서 산을 오르며 또 나무타기를 즐겨했었다. 높은 곳에서 내려다보이는 모습은 속이 뻥 뚫리는 기분이 들기도 했다. 그러던 중 감나무에서 떨어진 적이 있었는데 다치지 않고 멀쩡했었다. 옛말에 감나무는 특히 연해서 떨어지게 되면 죽거나 불구가 된다는 말이 있었는데 정말 다행이었다.

이 글을 쓰기 전 나의 어릴 적 시간은 아빠의 폭력적인 행동으로 인해 항상 어둡고 슬프다고 늘 생각했었다. 그래서 어린 시절을 생각할 때마다 불우한 가정생활에 초점을 두고 이야기할 때가 많았다. 그런데 나를 행복하게 하는 시간을 되돌아보고 긍정적인 면을 바라보고 적었을 때 이상하리만큼 행복한 기억이 많다는 것을 깨달았다. 독자들도 각자 지내온 시간 속에 긍정적인 면, 부정적인 면이 있을 것이다. 긍정적인 면을 확대해서 보면 어느새 밝은 빛이 내 삶 속에 있었다는 것을 알게 될 것이다.

간호사 국가고시를 치르고 합격한 이후 지금의 병원에서 근무하게 되었다. 처음 발령받은 곳은 신생아실, 신생아중환자실이었다. 많이 덜렁대는 편이라 잦은 실수가 있었는데 선배들이 여러 가지를 꼼꼼하게 가르쳐주어서 잘 적응할 수 있었다. 미숙아부터 정상적인 신생아까지 모두 돌볼 수 있었고 적은 몸무게라서 약의 용량을 정확하게 계산해서 들어가야 했다. 꼼꼼함과 정확성을 배울 수 있는 귀한 시간이었다. 그리고 소아 중환자실에서 환아들을 보면서 긍휼의 마음을 가지게 되었고 또 부모님들의 위대함을 많이 느끼게 되었다. 그때 오랫동안 입원했던 아이의 엄마와 지금까지도 종종 연락을 이어 가고 있다.

야간근무 때는 혼자 일하면서 책임감과 담대함을 얻게 되었다. 같이 일하는 동료들과 사랑과 기쁨의 관계를 가져서 직장생활이 행복했다. 그 이후 응급실 근무를 하면서 다양한 과를 접하게 되었고 응급환자를 돌보면서 역량을 키울 수 있었다. 드라마에 나올 만한 여러 가지 상황도 많이 접하게 되었다. 우울증인 엄마가 돌 무렵인 아이를 두고 아파트 고층에서 뛰어내린 일, 몸에 칼이 꽂혀서 내원하는 환자, 교통사고로 인한 외상, 약물로 인한 자살시도, 아이들 외상과 섭식으로 인해서 내원하는 경우 등등이 있었다.

3년 전에 지하철을 타고 출근하는 도중에 계단에서 넘어져 오른쪽 발목 인대파열을 진단받았다. 다쳤을 당시에는 붓지도 않고 괜찮았는데 저녁부터 붓고 피멍이 들어 다시 병원에 가서 초음파를 해서 알게 되었다. 통깁스를 하고 집으로 왔는데 아이들이 깁스 위에 그림을 그리고 "엄마 힘내.", "엄마 빨리 나아."라고 응원의 메시지를 적어 주었다. 다쳐서 병가를 낸 일이 처음이었는데 한 달 반 동안 집에 있으면서 쉼을 누리는 시간이었고 아이들과 함께 하면서 즐거운 시간을 보냈다. 비슷한 시기에 한 일본 연예인이 회식 후 계단에서 굴러서 사망했다는 기사를 보게 되었다. 크게 다치지 않음을 감사했고 생명이 정말 소중하다는 생각을 했고 앞으로 주의해서 다녀야겠다고 다짐했다. 매일 출퇴근을 반복하던 나의 삶에 쉼표를 찍는 행복한 시간이었다.

현재 보내고 있는 이 시간이 가장 행복한 날임을 고백한다. 하루라는 선물을 매일 받음에 감사하고 기뻐하며 행복한 삶이 되길 원한다. 삶에는 여러 자락이 있다. 그 중 긍정적이고 행복한 면을 바라보고 현재 그것을 누리는 행복한 사람이 되었으면 좋겠다. 삶을 돌아보면 행복한 시간은 언제나 내 곁에 있었다. 그 시간을 놓치지 않고 섬세하게 알아차려서 일상에서도 작은 행복을 찾길 원한다. 내가 보내고 있는 모든 시간은 밤하늘의 별처럼 반짝반짝 빛난다. 이 책을 읽는 여러분도 지금 주어진 현재의 시간에 집중하고 행복을 누리는 자가 되었으면 좋겠다.

조금씩, 책과 함께
자라는 중입니다

이은주

"아무것도 하고 있지 않지만, 더 격렬하게 아무것도 하고 싶지 않다."

살다 보면 몸도 마음도 지쳐, 아무것도 하기 싫은 시간이 찾아온다. 그럴 때면 나는 조용히 책을 꺼낸다. 무엇을 해야만 할 때 많은 준비가 필요하다면 머뭇거리다가 포기하고 말았을 것이다. 그러나 책읽기는 준비가 별로 필요하지 않다. 손에 책을 집어 들고 첫 장을 넘기기만 하면 된다. 페이지를 넘길 때마다 새로운 세계가 펼쳐지고 다양한 인물과 사건들이 나를 기다리고 있다. 책을 읽는 동안은 오직 책 속의 이야기만 생각하게 된다. 그 순간에는 시끄러운 세상도, 복잡한 마음도 모두 멀어진다.

처음부터 책 읽기를 좋아한 것은 아니었다. 책 읽기를 좋아하게 된 것은 어린 시절에 겪은 몇 가지 사건 때문이었다.

내가 살던 동네는 굉장히 외진 마을이었다. 아이들의 모습을 찾아볼 수 없던 그곳에서 우리 4남매는, 서로의 친구가 되어 하루를 보내곤 했다.

초등학교 2학년 여름 방학이었다. 농사를 짓는 부모님을 따라 일찌감치 일어나 우리가 할 수 있는 모든 놀이들을 다 하고 나서도 해가 중천이었다. 지금처럼 텔레비전이라도 온종일 나오면 시간을 보내기 괜찮은데 오후 5시가 넘어서야 방송이 나오던 시절이었다. 어린 여자아이에게 할 일 없는 하루는 길게만 느껴졌다. 그래서 동생들 몰래 집안으로 살금살금 들어가 보았다. 방안 여기저기 살피던 중, 내 시선이 책장으로 향했다. 방 한구석에 유리문이 굳게 닫혀 있던 책장이 눈에 띄었다. 먼지가 뽀얗게 앉은 책장 유리문을 열어 보았다. 그 책들은 도서영업직에 있던 고모부가 우리 집에 강매한 군청색 두꺼운 표지를 가진 전집이었다. 어린 내게는 전혀 관심이 생기지 않을 만큼 두꺼운 책들이었다. 그런데 그날은 유난히 더 심심하던 터라 책들을 펼치기 시작했다. 내가 평소에 보던 책의 글자들보다 크기가 훨씬 작았다. 누런 종이에 타자기로 친 글자체가 세로로 나열된 모습에 한번 놀라고 그림이 하나도 없는 것에 실망했다. 이 책, 저 책을 마구 넘겨보다가 책 무더기 속에서 세로로 적힌『콩쥐팥쥐 뎐』이라는 제목이 눈에 띄었다. 아는 이야기여서 그런지 술술 읽어 내려갔다. 그런데 내가 알던『콩쥐 팥쥐』와 내용이 달랐다. 콩쥐가 원님과 결혼해 행복하게 살았다고 끝나는 것이 아니라 그 뒤로 팥쥐와 계모가 콩쥐를 죽인 후 도술로 팥쥐가 콩쥐로 변신해 살다가 진실이 밝혀져서 벌을 받는다는 내용이 이어졌다. 어린 나에겐 잔인하면서도 신선한 충격이었다. 마지막 장을 덮을 무렵엔 어느새 방안이 어둑어둑해져 가고 있었다. 그렇게 그해 여름 방학 동안 책장에 있는 책들을 한 권씩 읽었고 방학이 끝날 무렵엔 『실생활에 필요한 약초』라는 제목의 어려운 책까지 읽을 수 있게 되었다.

이 경험을 계기로 다른 어떤 놀이보다 책 읽는 시간은 재미있는 시간이라고 생각하게 되었다. 책 읽는 시간은 어린 나에게 행복한 시간이었다. 책을 읽을 때면 이야기 속 주인공이 되어 시간 가는 줄 모르고 상상의 나래를 펼쳤다. 이러한 상상은 다양한 생각을 이끌어 내어 내 삶의 자양분이 되었다. 무엇보다 무료한 시간이 즐거워졌다.

4학년 무렵 학교에 무서운 이야기가 유행한 적이 있었다. 무서운 이야기를 많이 아는 친구가 우리 반에서는 최고 인기 있는 아이가 되곤 했다. 나는 반에서 존재감이 없는 조용한 아이였다. 그런데 무슨 생각이 들었는지 어느 날 엄마를 졸라서 학교 괴담 책을 하나 샀다. 제목은 기억나지 않지만 앞 표지에 붉은 색의 학교 건물과 공포에 질려 떨고 있는 아이들의 표정이 생생하게 그려져 있었다. 그 책을 열심히 읽고 내용을 외웠다. 다음 날 속으로 덜덜 떨면서 읽은 이야기를 친구들에게 들려주었다. 내 이야기를 숨죽여 가만히 듣고 난 친구들이 말했다.

"은주야 네 얘기 진짜 무서워. 다음에 다른 이야기도 꼭 해 줘."

"응, 알았어."

귀까지 빨갛게 변한 내가 자랑스레 웃으면서 말했다.

내 이야기를 듣는 아이들의 눈빛이 나를 떨리게 하면서도 동시에 설레게 하였다. 이야기를 꽤 재미있게 잘하는 나를 발견하면서 성격도 조금씩 달라지기 시작했다. 내 안의 또 다른 나를 알게 된 사건이었다. 친구들이 많이 생기고 함께 어울리면서 내성적이었던 내가 나서는 것을 두려워하지 않는 아이로 변했다. 친구들이 하나둘 생기면서, 학교에 가는 시간이 어느새 행복한 일이 되었다. 친구들과 노는 게 좋아서 아침마다 서둘러 집을 나서던 기억도 난다. 책 한 권이 내 성격까지 바꿔놓다니, 지금 생각해도 참 신기한 일이다.

책은 늘 말없이 곁을 지키며 내가 성장할 수 있도록 이끌어 주었다. 그래서일까. 크고 작은 인생의 변곡점마다, 나는 책을 통해 조금 더 단단해졌고, 이전보다 더 깊이 생각할 수 있게 되었다. 인생이 흐르는 동안 무심히 지나가는 순간들도 있지만, 책으로 인해 새롭게 시작된 변화들은 유독 또렷하게 기억에 남는다. 그래서 나이가 들고 힘든 일이 생길 때마다 책을 손에서 놓지 않았다. 책 읽는 시간이 있었기에 좀 더 성숙한 사람으로 성장하고 행복할 수 있었다. 지금도 여전히 미성숙한 나라는 것을 알기에 다양한 책을 읽으려고 노력한다.

하루하루 살아가기 바쁜 현대인들에게 행복한 시간이란 미치도록 아무것도 하지 않고 쉬는 시간이라고 한다. 하지만 아이러니하게도 우리의 뇌는 쉴 때 행복하다고 느끼지 않는다. 우리의 뇌는 무언가에 집중할 때 행복 호르몬인 도파민을 내보낸다. 결국 내가 책을 읽으며 마음이 편안해지고, 행복해지는 건 단지 기분 탓이 아니라, 정말 내 안에서 행복이 만들어지고 있었던 것이다.

책을 많이 읽다 보면 생각도 깊어지고, 세상을 보는 눈도 조금씩 달라진다. 나도 모르게 표현이 풍부해지고, 글을 쓰는 손끝에도 힘이 들어간다. 그렇게 책은 나를 조금씩, 하지만 분명히 성장하게 만들어 준다.

그래서 나는 책 읽는 시간이 가장 좋다. 재미있고, 따뜻하고, 조용하지만 뿌듯한 그 시간 속에서 나는 더 나은 내가 되어 간다. 책을 읽는 동안 나는 행복하다.

내가 진정으로 원하는 일을 찾고 그것에 몰두할 때, 그 순간만큼 행복한 순간은 없다. 그 일이 무엇이든, 그것이 나에게 의미 있는 일이라면 그것이 바로 내가 집중할 가치가 있는 일이 된다. 우리가 흔히 '시간을 잃었다'라고 말하는 순간, 그것은 사실 '시간을 찾았다'라는 말과 같기도 하다. 우리는 그 시간 동안 내가 진심으로 몰입할 수 있는 일을 하고 있기 때문이다. 내가 좋아하는 책을 읽고 있을 때, 그 내용에 깊이 빠져들어 모든 생각을 잊을 수 있을 때, 그 순간 나는 행복하다.

어떤 사람은 그림을 그리며, 또 어떤 사람은 음악을 들으며, 또는 운동을 하며 행복을 느낄 수 있다. 그 모든 순간에 중요한 것은 내가 그 일에 집중하고 있다는 점이다. 무엇에 집중할지 선택하는 순간, 우리는 스스로 행복을 선물하는 것이다.

하루 5분, 나를 만나는 시간

정미림

하루 24시간은 우리 모두에게 공평하게 주어진다. 그러나 그 시간을 어떻게 쓰는지는 각자의 삶에 따라 천차만별이다. 바쁘게 살아가는 것만으로는 충분하지 않았다. 나는 문득 스스로에게 물었다. '나는 하루 중 나를 위해 얼마만큼의 시간을 쓰고 있을까?'

아이들 등교 준비로 분주한 아침, 직장에서 쏟아지는 업무, 집에 돌아오자마자 다시 시작되는 집안일로 숨 돌릴 틈 없이 지나가는 하루를 마치고 침대에 누웠을 때 깨달았다. 나를 위한 시간이 단 5분도 없었다는 사실에 허탈함이 밀려왔다. 나는 하루 대부분을 누군가를 위해, 무엇인가를 위해 소진하고 있었다. 이렇게 바쁜데도 왜 나는 공허할까?

바쁘게 살아간다는 사실은 분명했지만, 그 바쁨이 과연 나를 위한 것인지 누군가를 위한 것인지 알 수 없었다. 걱정하고, 누군가에게 마음을 쓰고, 끝없는 일들을 처리하며 하루가 순식간에 지나갔다. 더군다나 유튜브나 SNS를 보며 멍하니 시간을 흘려보내는 습관은 내 안의 공허함을 더욱 키워만 갔다. 남의 삶을 구경하면서 정작 내 삶에서는 점점 멀어지고 있었다. 나는 왜 내 삶의 구경꾼이 되어 버렸을까?

그래서 결심했다. 하루에 단 5분이라도 오롯이 나를 위한 시간을 갖자고. 그 첫걸음은 작고 소박했다. 바로 다이어리를 쓰는 일이었다. 처음엔 어색했다. 무엇을 써야 할지 몰라 멈칫거렸고, 글씨도 마음에 들지 않았다. 그러나 매끄럽지 않은 문장 속에서도 내 목소리가 조금씩 들려오기 시작했다. 내 이야기를 듣는 시간, 그 자체가 나를 회복시키기 시작했다.

하루 동안 있었던 일, 마음에 남은 말, 문득 떠오른 생각들을 적어나갔다. 억울했던 일, 서운했던 감정, 놓치고 싶지 않았던 순간들. 감정을 솔직히 꺼내놓다 보면 마음이 가라앉고 복잡한 생각이 정돈됐다. 다이어리는 내면을 비추는 거울이자 감정을 비우는 쓰레기통 같았다. 버리지 않으면 쌓이기만 하는 감정들을 나는 글로 비워 냈다.

다이어리를 쓰면서 나는 내 안에 숨겨진 이야기들을 하나씩 꺼내게 되었다. 때로는 과거의 기억들이 불쑥 떠오르기도 했다. 오래전 잊었다고 생각했던 상처, 무심코 흘려보냈던 기쁨과 감사의 순간들이 글로 적어보니 그 감정들이 훨씬 생생하게 다가왔다. 나도 몰랐던 내 모습과 마주하는 시간이었다. 글은 잊혀진 내 마음의 조각들을 불러오는 주문 같았다.

다이어리를 쓰며 처음으로 질문하게 됐다. 나는 내 삶의 주인인가? 엄마로서, 아내로서, 사회인으로서 살아가느라 나는 늘 '누구의 무엇'으로 존재했다. 그러나 다이어리를 통해 비로소 내가 누구인지, 무엇을 꿈꾸는지 되짚을 수 있었다. 나라는 존재를 온전히 인정하는 과정은 때로 불편하고 아팠지만, 피하지 않고 마주한 덕분에 나는 조금씩 단단해졌다.

매일 밤, 조용한 방에서 펜을 드는 시간은 내게 평온함을 선물했다. 온종일 쉴 틈 없이 흔들리던 마음이 그 순간만큼은 멈췄다. 큰 태풍 뒤에 찾아오는 고요처럼 손끝의 감각, 종이 위를 흐르는 펜촉, 넘기는 종이 소리까지 모든 감각이 '나'를 향해 집중되었다. 글을 쓰는 순간, 나는 나와 하나가 되었다.

심리학에서는 '거울 노출 요법'이 있다. 거울 앞에서 스스로를 바라보며 감정을 드러내는 방법이다. 나에게 다이어리는 그런 거울이었다. 속마음을 들여다보고, 나는 나를 마주했다. 다이어리를 통해 나는 스스로를 더 잘 이해하게 되었고, 과거의 나와 현재의 나를 이어 주는 다리가 만들어진 것이다. 다이어리는 나를 치유하고 성장시키는 은밀한 통로였다.

물론 매일 순조롭지만은 않았다. 여행을 가거나 너무 지친 날엔 다이어리를 쓰지 못하기도 했다. 그런 날엔 왠지 모를 불안과 허전함이 몰려왔다. 그러나 그 공백조차 내 삶의 일부임을 알게 됐다. 때로는 멈춤도 필요하다는 것이고 쉼이 있어야 다시 달릴 수 있다는 것을 다이어리는 조용히 가르쳐

주었다. 쓰지 않는 날도 내 인생은 계속되고 있다.

짧게나마 매일 다이어리를 쓰는 습관은 내 삶을 조금씩 바꿨다. 감정에 민감해졌고, 관계에서도 나 자신을 지킬 줄 알게 됐다. 불필요한 감정 소비를 줄이고, 정말 소중한 것에 에너지를 집중했다. 하루하루를 기록하며 나는 삶을 무심코 흘려보내지 않게 되었다. 삶을 흘려보내는 것이 아니라 채우는 사람이 되었다.

결국, 나를 행복하게 하는 시간은 거창하거나 특별한 것이 아니었다. 다이어리 앞에 앉아 나와 마주하는 아주 작고 조용한 순간이었다. 그 순간들이 모여 하루를 만들고, 그 하루가 모여 지금의 내가 되었다. 누구의 기대도 아닌, 내 자신의 목소리를 듣고 따라가는 삶 말이다. 나를 위한 삶을 살아간다는 것을 실감하였다. 그것이 다이어리를 통해 얻은 가장 소중한 선물이다.

그래서 나는 오늘도 다이어리를 펼친다. 어제와 크게 다르지 않은 하루였을지라도, 그 안에서 특별함을 발견하고 나만의 의미를 기록한다. 내일을 조금 더 단단히 살아 내기 위해, 오늘의 나를 쓰고, 정리하고, 다독인다. 매일매일 작지만, 진심 어린 기록이 쌓여, 결국은 나를 더 깊고 단단한 사람으로 만들어 준다.

그리고 나는 믿는다. 오늘의 이 작은 5분이, 언젠가 내 인생을 가장 환하게 빛내는 기억이 될 것임을 말이다. 나를 만나고, 나를 키우는 이 조용한 시간이야말로, 내가 나를 사랑하는 가장 확실한 방법이다.

나에게 있어 다이어리를 쓴다는 것은 단순히 기록을 남기는 행위가 아니다. 그것은 나의 감정을 돌보고, 마음의 체력을 키우는 일이다. 다이어리는 매일 조금씩 나를 성장시켰다. 내가 나를 더 잘 이해하고, 사랑할 수 있도록 도왔다.

조용한 글쓰기의 시간 속에서 나는 깨닫는다. 진짜 행복은 특별한 날에 찾아오는 것이 아니라, 이렇게 소소하지만 진심 어린 순간들 속에 있다는 것을 알게 되었다. 오늘도 나는 다이어리를 펼치고, 나를 향해 묻는다. "오늘, 너는 행복했니?" 그리고 조용히 웃으며 답한다. "응, 아주 많이."

엄마의 자화상에서 발견한 행복

정선경

행복

나태주

저녁때

돌아갈 집이 있다는 것

힘들 때

마음속으로 생각할 사람이 있다는 것

외로울 때

혼자서 부를 노래가 있다는 것

내가 참 좋아하는 시이다. 우리의 소박한 일상을 담고 있어서일까? 시에 대해 깊이 알지는 못하지만, 이 시를 읽을 때면 부산에 계신 친정엄마가 떠오른다. '행복'에 대해 되뇌었다. 아무것도 아닌 작은 일상의 순간들에서 행복을 찾을 수 있는 것이라면, 엄마는 그런 행복을 느끼며 살아왔을까? 그리고 지금도 행복할까?

어릴 때부터 나는 엄마를 닮았다는 말을 자주 들었다. 키가 작고 체형이 통통하며, 중년이 된 지금은 체질까지도 엄마와 비슷하다는 생각이 들 정도이다. 그래서인지 엄마를 보며 종종 나의 미래를 상상하게 된다. 내 기억 속 지난날의 엄마는 작은 체구에도 불구하고 여장부처럼 강한 분이었다. 늘 바삐 움직이던 엄마의 손끝은 언제나 우리 가족의 생계를 위한 일에 머물러 있었다. 어쩌면 우리 집의 가장은 엄마였다고 해도 과언이 아닐 것이다. 아빠와는 다른 방식으로, 엄마는 살림을 꾸리고 가족을 지키기 위해 늘 애쓰셨다. 아빠는 대쪽 같은 성격에 성실하지만 무뚝뚝하고 감정 표현이 서툰 전형적인 경상도 남자였다. 또한 지나칠 정도로 효자였다. 어렵게 번 월급은 항상 친할머니, 즉 엄마의 시어머니께 모두 바쳐졌고, 아빠는 늘 자신의 가정보다 홀어머니와 형제들을 먼저 걱정하며 챙기는 분이었다.

넉넉지 못한 살림에 연년생 딸을 키우며 집안을 일구어야 했던 엄마는, 누군가의 옆집 아줌마처럼 남편에게 대접받고 사랑받는 온실 속 화초와 같은 가정주부의 삶을 꿈꿀 여유는 없었다. 대신 엄마는 매일 치열하게 살아

갔다. 때로는 지쳐서 눈물을 보이기도 했지만, 끝까지 포기하지 않았다. 그런 노력의 보답이었을까, 가진 것 없이 결혼해 곤궁하게 살아왔던 엄마는 그 삶의 끝에 우리 가족에게 풍요로운 안식처를 만들어 주었다.

그 길이 쉽고 평탄하지 않았지만, 엄마는 자신만의 방식으로 세상과 맞서며 끝내 원하는 삶을 이루어 냈다. 지친 눈물을 지니고서도 치열하게만 살아온 엄마의 강인함이 지금의 안락한 내 삶을 지탱해 준다는 걸 알기에 그 강인함에 감사하기도 하다. 하지만 한편으로는 엄마처럼 살고 싶지 않다는 생각이 먼저 들기도 했다. 엄마는 무슨 일이든 계산기처럼 철저하게 돈과 이익부터 따졌고, 늘 미래를 대비해야 한다며 걱정했지만, 나는 그런 엄마의 방식이 싫었다. 배부른 소리일지는 몰라도 손해를 조금 보더라도 마음이 편한 것이 내게는 더 중요하다. 그래서 엄마의 삶을 존경하면서도 안타까운 마음이 앞서기도 했다.

젊은 시절 엄마에게 행복이란 무엇이었을까? 과연 돌아갈 집이 있는 것이 행복이었을까? 힘들 때 마음으로 떠올릴 사람은 있었을까? 엄마는 지나온 세월의 삶이 행복했다고 말할 수 있을까? 그런 궁금증과 함께 엄마의 지난 삶이 행복했다고 말해 주길 바라는 마음이 공존하며 내 가슴 한구석을 콕콕 찔렀다.

강인한 모습으로 앞만 보며 살아오던 엄마는 재작년 뇌출혈로 쓰러진 이후로 어린 여자아이가 되었다. 젊었을 때 건강을 챙겨야 한다며 잔소리하던 엄마는 이제 독감 주사가 무섭다며 서글피 우는 어린아이가 되었고, 믹스커피 한잔도 건강에 해롭다며 못 마시게 하던 엄마가 지금은 달달한 믹스커피가 유일한 낙이라며 해맑은 미소를 보낸다.

운동이든 무엇이든 돈이 드는 건 탐탁지 않아 하던 엄마가 죽어도 거기서 죽겠다며 노인은 받아 주지도 않는 필라테스 학원에 등록시켜 달라고 떼쓰는 어린 여자아이가 되었다. 아침마다 학교 가기 싫다며 투정을 부리는 아이처럼, 배울 것 하나 없는 주간보호센터에 가기 싫다며 투정 부리기도 한다. 엄마의 이런 갑작스러운 변화는 내 일상의 모습을 다시금 바라보게 해 주었다.

우리는 대체 무엇을 위해 지금을 견디며 살아갈까? 엄마처럼 살기 싫다던 나는 왜 그 시절 엄마처럼 온종일 일에만 몰두하며 하루란 시간을 그리 소비하며 살아가고 있을까? 이 길의 끝에 내게는 무엇이 남는 걸까? 문득 뒤돌아보니 우습게도 나는 어느새 젊은 시절의 엄마처럼 일밖에 모르는 사람이 되어 있었다. 일상의 행복을 찾아 즐길 여유조차 없이 하루하루를 그냥 바쁘게 살며 흘려보내고 있었다. 그 속에 막연한 두려움과 불안감을 가슴속에 품은 채로 말이다.

어쩌면 나도 모르게 엄마처럼 '해야 할 일'을 우선시하며 살아왔는지도 모른다. 그러다 어느 날 문득, 나태주 시인의 시 「행복」이 내 마음속으로 들어왔다. 그가 말하는 '행복'은 그렇게 거창한 것이 아니라 우리 곁에, 우리의 일상 속에 함께 존재하는 것이었다. 그래, 엄마에게도 그랬을 것이다. 하지만 일상의 바쁨에 찌들어 소중한 순간들을 놓친 채로 살아가다 보니 행복은 늘 '나중'으로 미뤄도 되는 것이라 믿어왔던 것이다. 그리고 그건 크나큰 착각이었다.

이제는 조금 다른 삶을 살아 보려고 한다. 무언가를 이뤄야만 한다는 강박 속에서 벗어나 작디작고 사소한 일상의 행복 조각들을 소중히 여기며 살아가고 싶다. 바쁜 일상 속에서도 얼굴에 내리쬐는 맑고 따뜻한 햇살, 아이들의 해맑은 웃음소리 그리고 따뜻한 커피 한잔처럼 사소하지만 분명한 행복을 발견하고 그 순간들을 내 삶의 중심에 두고 싶다. 그것이야말로 내가 앞으로의 삶을 더 온전하게 살아가는 길이 아닐까. 행복은 이미 우리 곁에 있다. 단지 바라보는 시선 하나만으로도 충분히 느낄 수 있는 것이 바로 행복이다. 그리고 그것을 이제는 놓치지 않겠다는 지금의 결심이 우리의 삶을 행복으로 물들이는 시작이 되리라 믿는다.

2장

나를
행복하게 하는

공간

"당신 안에 조용한 장소가 있다.

그것은 어떤 날씨에도 평온을 유지한다."

— 마이클 A. 싱어

행복을 싹 틔웠던 곳

권영순

치타 델레(zitadelle)라는 독일어가 있다. 요새 안의 독립된 작은 보루를 의미한다. 괴테는 아무도 그 안으로 들어올 수 없는 자아란 개념을 치타 델레라고 명했고, 프랑스의 철학자 몽테뉴는 10년 동안 3층짜리 원형 탑에서 자신만의 서재를 꾸며 많은 저서를 남겼다고 한다. 이와 같은 치타 델레는 유명인에게만 필요한 것이 아니다. 남녀노소를 막론하고 모든 사람에게 필요하다. 이는 치타 델레가 생각의 공간이자 성찰의 공간이기 때문이다. 그리고 휴식의 공간이기도 하고, 치유의 공간도 되기 때문이다. 아무도 모르는 나만의 공간을 만들어 보았으면 좋겠다. 반드시 물리적인 공간일 필요는 없다. 그것이 책이어도 좋고 음악이나 영화도 좋다.

아주 어린 시절 오빠 언니들이 모두 학교에 가고 나면 혼자 집 앞 큰 바위나 냇가에서 작은 곤충들을 친구 삼아 보내던 시절이 있었다. 그때 품에 꼭 안고 다녔던 것이 있었다. 너무 오래되어 모서리가 다 낡은 책 한 권이었다.

한글도 그 책으로 뗀 듯하다. 읽고 또 읽어 다 외워버린 이야기지만 항상 품에 안고 다녔던 기억이 난다.

어느 착한 아이가 도깨비에게 보물을 받고 집으로 돌아오던 길에 못된 주모에게 매번 보물을 빼앗긴 이야기이다. 어리석으리만큼 순수했던 주인공이 얄미운 주모에게 당할 때는 얼마나 싫었던지, 나는 그 이야기를 왜 그렇게 좋아했던 걸까? 아마 풍족하지 않았던 시기에 뭐든지 말만 하면 다 나오던 도깨비방망이가 좋았을지도 모른다. 도깨비방망이만 있으면 하늘을 날 수 있고, 예쁜 운동화도 가질 수 있고, 갖고 싶던 것들을 원 없이 가질 수 있을 것 같았기 때문이다.

어느 날 우연히 책장에 꽂혀 있는 그 책을 다시 봤다. 얼마나 반가웠던지. 어린 내가 꿈꾸며 머물렀던 곳, 모든 만물이 잠들어 있는 것처럼 조용한 시골 마을에서 어린 나는 매일 새로운 것들을 찾아 호기심 가득한 눈으로 뛰어다녔다. 잠자리를 보고, 벌을 관찰하며 보냈던 가슴 따뜻했던 곳, 어린 나를 만나게 해 주는 추억의 장소와 책 한 권이 나에게 따뜻한 위로를 건넬 때가 많다.

주인공과 함께 조마조마했던 그곳이 내가 책을 좋아하게 되었던 곳이다. 지금도 책을 읽으며 많은 시간을 보낸다. 주인공들의 희로애락을 느끼며 내 삶을 되돌아볼 수 있고, 내 삶과 다른 것들을 체험하고, 상상할 수 있는 공간이라 좋다.

나는 『곰돌이 푸, 서두르지 않아도 괜찮아』라는 책을 좋아한다. 언제나 오늘이 처음인 우리에게 영리하지 않고 느릿느릿한 귀여운 곰 한 마리가 꾸밈없이 순수하고 진실한 마음으로 세상을 바라볼 수 있게 해 주기 때문이다.

시간의 흐름은 자꾸 새로운 것들을 만들어 낸다. 때로는 좋은 쪽으로 때로는 나쁜 쪽으로, 살다 보면 언젠가는 어쩔 수 없다는 듯 그런 것들을 받아들이게 되는 순간도 있다. 새로운 것을 받아들이는 것도 중요하지만, 우리의 마음을 들여다보게 해 주는 것은 오래된 이야기 속에 담긴 삶의 지혜라고, 한 페이지 한 페이지 명언 같은 말들과 보기만 해도 미소 짓게 하는 귀여운 푸의 모습이 실려 있다. 항상 가방 속이나 차 안에 두고 짧은 시간을 내 읽으면 복잡한 마음을 청소기로 빨아들이듯 말끔해질 때가 많다.

"즐거울 때도 괴로울 때도 나를 놓지 말아요.

우연히 마주친 행운 덕에 삶이 순조롭게 흘러간다고 해서 자만하거나 게으름을 피우면, 그 행운은 오래 머물지 않아요. 삶이 거센 파도에 부딪혀 흔들릴 때도 자기 자신을 잃지만 않으면 언젠가는 그 위기에서 벗어날 수 있답니다. 즐겁든, 괴롭든, 어떤 상황에서도 자신의 마음을 지키는 이야말로 현명한 사람입니다."

"겉으로 보이는 타인의 행복에 흔들리지 마세요."

누구나 행복을 꿈꾸고 풍요로운 생활을 원하죠. 그런데 사실 행복을 결정짓는 것은 우리가 사는 인생 그 자체가 아니라 마음이에요. 다른 사람들이 말하는 행복의 조건이나 겉으로 보이는 행복은 하늘을 떠도는 구름과도 같습니다. 그걸 잡으려고 하면 아무리 애써도 잡을 수 없거나, 손에 닿아도 금방 사라져 버리고 말 거예요."

책 속 글귀들이 내 이야기 같을 때. 문득문득 드는 기분이 나를 힘들게 할 때 책 속에서 길을 찾아보는 것도 추천한다. 누구나 알고 있는 진실들이지만 의식하지 않으면 쉽게 지나치기 쉽다.

그런 것들이 여의치 않을 때는 밖으로 나가 보는 것도 추천한다.

우리 집 주변에는 낙동강과 금호강이 만나는 강정보가 있다. 큰 두 강이 시원스럽게 흘러가는 곳이다.

보 주변 광장에는 항상 아이들의 웃음소리로 넘쳐나고 텐트를 치고 휴식을 취하는 사람들로 북적인다. 각양각색의 사람들을 보며 생각을 정리하기에 좋은 곳이다.

주변에 앉아 사람들 구경을 하는 것도 강물을 보며 혼자만의 시간을 갖는 것도 다 좋은 곳이다. 계절마다 바뀌는 석양의 위치를 찾으며 낡았지만 내가 좋아하는 벤치에 앉아 혼자 시간을 보낼 때 오롯이 나 자신과 만날 수 있는 곳이다.

머릿속이 복잡할 때는 마음껏 뛰어노는 아이들을 멍하니 보고 있고, 무언가를 결정해야 할 일들이 있을 때는 조용히 흐르는 강물을 보며 혼자만의 시간을 보낼 수 있는 나만의 아지트.

바삐 흘러가는 일상 속 사람들 속에서 나를 잊지 않고 마주할 수 있는 곳.

내 마음이 편안할 수 있는 공간. 어릴 적 고향도 좋고, 힘들게 올랐던 산 정상도, 봄꽃이 흩날리는 길가도 좋다.

그 속에서 자신과 마주해 마음속을 들여다보길 바란다. 그곳이 바로 당신의 치타 델레가 될 것이다.

자유, 온기 그리고
함께하는 순간

김진영

공간(빌 공空, 사이 간間: 어떤 물질 또는 물체가 존재할 수 있거나 어떤 일이 일어날 수 있는 장소).

"우리는 언제나 시간을 알고자 하지만 자신이 어디에 있는지는 결코 궁금해하지 않는다."

조르주 페렉이 『공간의 종류들』에서 공간에서 공간으로 끝없이 떠돌다가 헛되이 사라지는 현대인들에게 공간의 의미를 부여하며 한 말이다.

침대에서 눈을 뜨며 하루를 시작하는 21세기 현대인들은 무수히 많은 공간을 옮겨 다니며 행복하고 성취하며 즐겁고 화가 난다. 다양한 공간들에 주거 공간, 업무 공간, 힐링 공간, 소통 공간, 휴식 공간, 모바일 공간이라는 이름을 붙이고 역할에 충실하고자 노력한다. 하지만 일상 속 공간들 안에선 늘 같은 만족을 얻기가 어렵다. 길 가는 사람을 붙잡고 가장 행복한 공간이 어디냐 물으면 열에 여덟은 집이라고 할 것이다. 나 또한 그렇다. 그러나 집이 늘 행복하냐 하면 그렇진 않다. 갈등이, 침묵이, 서로에 대한 원망이 있을 수밖에 없기 때문이다. 무엇을 하든지, 어디에 있든지, 눈을 감든지 같은 만족을, 같은 행복을 주는 공간은 없을까?

〈쇼생크 탈출〉이라는 영화를 기억하는가? 잘나가는 은행가 앤디는 불륜을 저지른 아내와 그 상대를 살해했다는 누명을 쓰고 악명 높은 교도소 '쇼생크'에 수감 된다. 남은 평생을 쇼생크에서 살아야 하는 종신형을 선고받았다. 그곳에는 끔찍한 폭력과 무기력한 시간뿐이었지만 희망을 가지고, 살아가는 의미를 찾으려 노력한다. 가석방 심사에서 늘 탈락하는 장기 복역수 '레드'와 우정을 쌓고, 아무도 관심 없는 도서관을 50년간 지켜온 '브룩스'와 새 공간으로 변화시키고, 검정고시를 준비하는 젊은이 '토미'의 선생님이 되어 주기도 한다. 또 우연히 교도관의 세금 컨설팅을 도운 계기로 교도소장의 돈을 맡게 된 앤디는 '쇼생크'에 잘 적응한 듯 보였다. 앤디의 아내를 죽인 범인을 알고 있다는 토미의 얘기를 듣고 누명을 벗을 기회가 왔다고 생각했다. 하지만 자신의 결백을 증명해 줄 '토미'가 교도소장에 의해 살해되고 삶의 의미를 잃었다. 그러나 앤디는 보란 듯이 '쇼생크'를 탈출하고 교도소장과 교도관들에게 통쾌하게 복수한다. 길고 냄새나는 하수구를 기어서 나와, 자유의 빗줄기를 맞으며 하늘 향해 포효하는 장면은 포스터로 제작되어 걸리지 않은 카페가 없을 만큼 유명세를 탔다. 하지만 10번 가까이 영화를 본 나는, 앤디가 자유를 찾은 그 순간보다 땀 흘려 일한 수감자들이 앤디의 도움으로 건물 옥상에서 시원한 맥주를 즐기는 장면을 제일 좋아한다. 교도관의 세금 문제를 우연히 해결해 준 앤디는 옥상 공사를 돕던 그들에게 감옥 안에서 허용되지 않는 사치인 맥주 한 병씩을 건네달라는 부탁을 한다. 차가운 병을 손에 쥐고, 지는 태양 아래서 한 모금의 맥주를 들이킬 때, 그들의 얼굴에는 오랜만에 느끼는 여유와 만족이 스친다. 맥주를 마시는 순간의 작은 행복 속에 희망과 자유를 향한 의지까지 엿볼 수 있어서 최고의 장면으로 꼽으며 그 옥상은 나에게 '언제나' 행복을 주는 공간이다.

감옥이라는 차가운 벽 안에서 모든 것이 통제된 삶을 사는 그들에게, 그 순간은 속박이 아닌 해방감을 선물했다. 바람이 불어오는 옥상, 햇살 아래서 느끼는 시원한 맥주는 자유가 어떤 것인지 상기시켜 주었다. 이 장면이 특별한 이유는 단순히 맥주 때문이 아니다. 그곳은 자유를 꿈꾸는 사람들에게 희망을 주고, 인간이 가진 행복의 본질이 무엇인지 보여 주기 때문이다. 우리는 때때로 삶의 무게에 짓눌리지만, 그럼에도 불구하고 작은 자유와 행복을 누릴 수 있다. 그리고 나아가게 만든다. 일상에서도 맥주를 몹시 즐기는 나이지만 그 맛은 상황에 따라 기분에 따라 늘 다르다. 하지만 '쇼생크 탈출' 속 그곳은, 내가 누구와 어디에 있건 상관없이 떠올리는 순간, 한결같이 시원하고 자유로운 맥주 맛을 선물한다. 그들과 함께 그곳에서 나는 자유인이 되는 것이다. 그 순간을 느끼며 어찌 행복하지 않을 수 있겠는가.

한때 지브리 '미야자키 하야오'의 애니메이션에 심취했다.

천공의 라퓨타, 고양이의 보은, 벼랑 위의 포뇨, 귀를 기울이면, 마루 밑 아리에티, 이웃집 토토로, 모노노케 히메, 마녀 배달부 키키, 센과 치히로의 행방불명 그리고 하울의 움직이는 성. 그중 〈하울의 움직이는 성〉은 셀 수 도 없을 만큼 많이 보았다.

꿈보다는 책임감으로 모자 만드는 일에만 열중하던 어린 소피는 황야의 마녀 저주에 걸려 한순간에 아흔 살 노파의 모습으로 변해 버린다. 소피는 저주를 풀기 위해 하울이 살고 있는 하울의 성을 찾아간다. 하울의 성은 네 발 달린 거대한 기계로 외부 세계와 단절된 독특한 공간이었다. 하울과 그 의 제자 마르클, 불꽃 악마 캘시퍼와 함께 하울의 성에서 생활하며 소피는 자아를 찾고 용기를 얻게 된다. 할머니가 되었던 소피는 모자가게의 작업실 에서 벗어나 친구들과 함께 난생 처음 바다를 느끼고, 새로운 도시를 경험 하는 과정에서 성격이 조금씩 변하게 되는데 그럴 때마다 젊어지는 모습이 조금씩 보이기도 한다. 내면의 목소리에 솔직하지 못할 때는 할머니가 되었 다가 자기의 의지를 당당하게 표현할 때는 소녀의 모습으로 돌아오는 소피 를 보며 알 수 없는 설렘을 느꼈다.

자신을 한낱 청소부처럼 여기며 집안을 정리하는 소피였지만, 점차 하울 의 성이 진짜 '집'이 되어 간다. 부엌에서 요리를 하고, 불꽃 악마 캘시퍼와 티격태격하며, 마르클과 가족처럼 지내면서 그녀는 단순히 '남을 위해 일하 는 사람'이 아니라, 누군가를 따뜻하게 하고, 스스로 행복을 찾는 존재가 된다. 하울 또한 소피를 만나면서 변한다. 자신을 지키기 위해 겉모습에 집착하고 도망치던 그는, 소피가 다정하게 성을 돌보고 자신을 이해해 주면서 비로소 진짜 자신을 받아들이는 법을 배운다. 소피가 거울을 들여다볼 때마다 변하는 모습처럼, 하울 역시 소피의 사랑 속에서 자신의 불완전함을 인정하고도 행복해질 수 있다는 것을 깨닫는다. 서로 다른 아픔과 상처가 있지만 '하울의 성'이라는 공간 안에서 서로를 위로하며 치유 받는 과정 속에서 낡고 불안정하던 '하울의 성'도 따스하고 안정된 모습으로 변화한다. 그때부터 움직이는 성은 장소가 아니라, 그들이 함께하며 만들어 가는 '행복의 공간'이 된다.

따뜻한 그곳에서 하울이 무심한 듯 정성껏 구워 주는 베이컨, 달걀을 빵과 함께 먹는 장면을 떠올리면 나는 소피가 된다. 부정적인 생각들로 잔뜩 움츠러진 아흔 살 할머니 소피이기도 하고, 어느 날 찾아온 저주를 이겨 내고 자신 있고 당당하게 자신의 내면에 집중하는 소녀 소피이기도 하다. 그리고 결말은…

당연히 '해피엔딩'이다.

지구상에 마지막 남은 흰바위 코뿔소가 있었다. 노든이라는 이름을 가지게 된 코뿔소는 코끼리 고아원에서 자라며 평생을 안락하고 편안한 그곳에서 살기로 마음먹는다. 궁금한 것들의 답을 직접 찾아내지 않으면 영영 알 수 없다는 할머니 코끼리의 조언을 듣고 노든은 코끼리 고아원을 나와 넓은 세상으로 나온다. 코뿔소 무리에서 사랑하는 아내를 만나고 딸을 낳아 반짝거리는 순간을 보내지만 아내와 딸은 인간의 총을 맞고 뿔이 잘려 죽게 된다. 극적으로 노든은 구조되어 파라다이스 동물원에서 지내다가 전쟁으로 인해 동물원에 불이 나면서 펭귄 친구 치쿠, 웜보, 버려진 알과 함께 험난한 길을 떠난다. 지친 치쿠는 알을 품어서 펭귄이 태어나면, 꼭 바다로 보내 달라고 노든에게 부탁하며 죽는다. 곧 태어난 이름 없는 펭귄과 노든은 자신만의 바다를 찾아 긴긴밤을 보내며 나아간다.

루리 작가님이 쓰고 그린 『긴긴밤』이다. 비교적 많은 책들을 읽었지만 그중에 으뜸으로 사랑하는 책. 20번 읽는 것이 목표이며 12번 읽기를 마친 책. 눈을 감으면, 노든이 코끼리인 줄 알고 지내던 고아원 시절부터 이름 없는 아기 펭귄이 결국 찾아낸 자신만의 바다로 뛰어드는 순간까지 모든 장면이 파노라마처럼 나를 감싸 온몸을 따뜻하게 한다. "절벽을 오르다가 수백 번은 미끄러졌다. 여기저기 멍이 들고 상처가 생겼지만 밤은 길지 않았다. 나는 오르고 떨어지고를 반복하며 셀 수도 없이 많은 시도 끝에 절벽 꼭대기에 올라설 수 있었다." 오르고 떨어지기를 수없이 반복하며 마침내 우뚝 선 가장 높은 절벽, 이름 없는 아기 펭귄이 바다를 향해 높이 떠오르는 바로 그 절벽이 나에게 가장 큰 행복을 주는 공간이다. 셀 수 없이 많은 두려움과 고난이 있었지만 긴긴밤을 함께 보내며 '우리'가 된 친구들의 도움으로 꿈을 이루게 되는 그 순간의 절벽. 우리의 인생도 이와 비슷하지 않을까? 길고 긴 터널은 누구에게나 있다. 또 그 터널은 언젠가는 끝난다. 혹 그 끝이 막

힌 터널일 수도 있다. 그러면 돌아 나와 다른 길을 선택하면 된다. 혼자 감당해야 하는 삶이라면 어렵겠지만, 우리는 우리 자신의 삶이 혼자만의 삶이 아님을 알고 있다. 긴긴밤을 보내며 '우리'가 된 친구들이 나의 삶을 함께 살아 주고, 지탱해 주며 '우리의 삶'임을 증명해 주고 있다. 이름 없는 아기 펭귄이 서 있는 그 절벽은 내가 외롭지 않은 존재임을, 나의 작은 말과 행동들이 누군가에게는 살아가는 힘과 동기가 될 수 있음을, 결국 우리 모두는 행복의 바다에 도착할 수 있음을 보여 주는 희망의 공간이다.

어둡고 거친 세상 속에서도, 한 생명이 살아갈 수 있는 이유는 누군가의 따뜻한 마음 덕분이다. 세상을 행복하게 만드는 건 특별한 능력이나 거창한 일이 아니라는 것이다. 누군가의 등을 지켜 주는 마음, 작은 손을 잡아 주는 순간, 함께 걸어가 주는 발걸음이 모여 행복이 된다. 그리고 그 행복은 또 다른 누군가에게로 이어지며, 세상은 조금 더 살 만한 곳으로 바뀌어 간다.

오늘도 난, 이름 없는 아기 펭귄이 나를 알아보고 고개 돌려 손 흔드는 그 절벽에 서 있는 꿈을 꾼다.

쇼생크 탈출 속 옥상, 소피가 청소하는 하울성, 긴긴밤 속 절벽은 내 안에 자리 잡아 언제 어디서나 변함없는 행복과 용기, 위안을 준다. 힘들 때 하울의 움직이는 성을 보면 마음이 따뜻해지고, 희망이 필요할 때 쇼생크 탈출을 보며 다시 용기를 얻는다. 또 외로울 때 긴긴밤 속에서 함께 걷는 친구를 만난다.

　세상에는 우리를 진정으로 행복하게 만드는 공간이 있다. 그것은 단순한 장소가 아니라, 마음이 자유롭고 따뜻해지는 순간이 머무는 곳이다. 행복을 주는 공간은 특별한 장소가 아니다. 그것은 자유를 느끼는 순간, 따뜻한 관계 속에서, 그리고 서로를 향한 믿음이 피어나는 곳에 존재한다. 그리고 우리는 그런 공간을 직접 만들어 갈 수 있다.

　일상에서의 자유로움, 너와 내가 나누는 온기, 그리고 함께 나아갈 용기만 있다면 말이다.

나의 '드럼이 있는 방'

박해영

　예전에 TV에서 〈드럼이 있는 방〉이라는 드라마를 본 적이 있다. 주인공은 힘든 일이나 어려운 상황에 처했을 때, 스트레스 해소를 위해 드럼이 있는 방에 가서 드럼을 쳤다. 자신만의 공간, 세상에 휘둘려 휘청이는 '나'를 바로 잡아 줄 수 있는 공간. 우리 모두에게는 그런 공간이 필요하다. 자신을 재정비해 사람들 앞에서 다시 웃을 수 있도록 해 주는 곳. 그곳이 추억의 장소일 수도 있고 취미 생활을 하는 곳일 수도 있다. 나에게 그런 곳은 어디일까? 곰곰이 생각해 봤다. 나에게 다시 일상으로 돌아갈 힘을 주는 곳! 사람들은 저마다 행복을 주는 장소나 공간이 있을 것이다. 나에게는 자연이 그런 곳이다. 지친 마음을 치유해 주고 본연의 내 모습을 찾게 해 주는 곳. 나는 자연과 함께 시골에서 살고 싶다.

　나는 시골에서 자랐다. 그래서 시골에 대한 향수가 있다. 시골에서 자연과 함께 살고 싶은 바람을 마음 한켠에 항상 간직하고 있다. 어릴 적 우리 집은 앞에 개울물이 흐르고 뒤에는 산이 있는 전형적인 배산임수의 지형이었다. 집 앞 개울물을 건너면 넓은 들판이 펼쳐져 있었는데 대부분 과수원과 논, 밭이었다. 마을 사람들은 그 들판에서 농사를 지으며 살았다. 들판 너머에 산이 있었는데 집 뒤에 있는 산과 구별해 앞산이라고 불렀다.

뒷산을 등지고 있는 우리 집에서 보면 개울과 들판과 멀리 앞산이 한눈에 다 보일 정도로 시야가 확 트여있었다. 개울 다리를 건너 멀리 밭에 있는 엄마가 자그맣게 보일 정도였다. 그렇게 탁 트인 들판을 배경으로 내리는 소나기가 얼마나 멋졌는지. 같이 빗속으로 뛰어들어 흠뻑 쏟아지고 싶을 만큼 들판을 가로지르는 소나기는 신났다. 요란하게 사물들을 흔들어 깨우며 우당탕퉁탕 시끌벅적하게 소란을 피우는 소나기가 지나가면 유난히 깨끗하고 맑고 파란 하늘과 촉촉하게 물기를 머금은 나무들의 싱그러움을 만날 수 있었다. 그래서 나는 시야가 탁 트인 들판이 보이는 곳에서 살고 싶다. 아무것도 걸릴 것 없이 나무와 산과 들판과 하늘만 있는, 소나기가 자유롭게 우르르 쿵쾅거리며 마음껏 뛰어다닐 수 있는 그런 곳.

탁 트인 들판만큼 밤하늘도 한껏 열려 있어서 더운 여름밤, 다리 위에서 보는 하늘은 자석처럼 나를 끌어당겨 은하수 속으로 풍덩 빠지게 할 정도였다. 다리 위에 돗자리를 깔고 누워 밤하늘을 쳐다보고 있으면 시시각각 모습을 바꿔 흐르는 은하수와 개구쟁이처럼 자꾸 도망치는 별자리를 찾느라 밤이 깊어지는 줄도 몰랐다. 다리 밑으로 흐르는 개울물이 자장가를 부르면 스르르 달콤한 꿈속에 빠지기도 했다. 그래서 나는 밤하늘의 쏟아지는 별빛을 한껏 받을 수 있는 곳에 살고 싶다. 개울물이 불러주는 자장가에 불면증 따위는 꿈도 못 꾸는 그런 곳.

거실에서도 바깥 풍경을 한껏 바라볼 수 있도록 창문은 최대한 컸으면 좋겠다. 집은 작고 아담한 대신 마당은 넓었으면 한다. 마당 옆에는 채소를 가꿀 수 있는 텃밭이 있었으면 좋겠고 그 텃밭 너머로 작지만 여러 가지 작물을 심을 수 있는 적당한 크기의 밭이 있으면 더 좋겠다. 담장 대신 감나무나 사과나무, 대추나무 같은 유실수로 담장을 두르고 이웃들과 계절마다 제철 과일을 나눌 수 있었으면 좋겠다.

봄이면 집 옆 텃밭에 토마토나 고추, 수박, 참외 모종을 심고, 가장자리는 옥수수로 텃밭의 경계를 삼아야겠다. 뜨거운 햇살 아래 고추가 빨갛게 익어 가는 여름이 되면 토마토 잎사귀 향기가 더 진해지겠지. 가지와 오이, 풋고추와 상추만 있으면 장을 보지 않아도 한 끼 준비는 걱정 없을 거다. 가을에는 고구마와 땅콩을 캐고 참깨와 들깨를 거둬들인 밭에 무와 배추를 심어 김장 준비를 할 테다. 겨울에는 거둬들인 무와 배추로 김장을 담고, 직접 기른 콩으로 메주를 쑤어 된장도 만들어 보고 싶다. 추운 겨우내 먹을 음식도 미리 갈무리해 둘 것이다. 무를 썰어 말리고, 가지와 호박고지도 만들고 무청을 햇볕에 널어 시래기도 만들어야지. 배추김치는 물론 콩잎김치, 깻잎김치, 파김치, 무말랭이, 동치미 등 김치도 종류별로 담아 골라 먹을 수 있도록 해야지. 그리고 겨울이 되면 쉴 것이다. 군고구마를 구워 먹으며 아무것도 하지 않을 것이다. 가끔 산책을 하거나 책을 읽거나 동네 사람들을 만나 놀아야지. 아무런 죄책감 없이 마음 놓고 놀 것이다.

나는 TV를 보거나 아무것도 하지 않고 쉬고 있으면 괜히 불안한 마음이 든다. 죄책감까지는 아니더라도 뭔가 해야 할 것 같은 기분, 이렇게 의미 없이 시간을 흘려보내도 되나? 하는 생각이 든다. 할 일을 아직 덜 하고 쉬는 것처럼 찜찜하고 뭔가에 쫓기는 기분, 열심히 일을 하고 퇴근을 한 후 저녁 시간에 잠깐 TV를 보면서도 그런 생각이 든다. 책을 읽어야 할 것 같고, 글을 써야 할 것 같고, 내일 해야 할 일을 미리 정리라도 해야 할 것 같은 압박감.

아이들과 함께하는 수업이 재미있고 즐거운 것과는 별개로 나를 어렵고 힘들게 하는 일들은 너무 많다. 매달 또는 매년 준비해야 하는 교육청 보고서들, 세무서에 신고해야 하는 복잡한 서류들이 벌점이나 벌금이라는 말로 나를 위협한다. 그래서 머리가 너무 복잡할 땐 시간이 빨리 흘러가서 어서 은퇴를 하고 싶다는 생각이 들기도 한다. 여기저기서 날아오는 고지서들이 더 이상 날아오지 않고 복잡한 서류를 준비하지 않아도 되는 은퇴 후의 삶. 세상이 더 이상 나를 찾지 않고 세상에서 나를 지워나가는 시간. 그때가 되면 더 이상 쫓기지 않고, 천천히 시간과 함께 흐를 수 있겠지. 해가 뜨면 알람이 울리지 않아도 서두를 것 없이 눈 떠지는 시간에 천천히 일어나 아침을 준비하고, 여유롭게 밥을 먹고 차 한잔을 마실 수 있을 것이다. 아침을 먹고 나면 들로 산으로 개울로 마음껏 산책을 나가고 흙냄새와 초록의 풀 향기로도 충만한 하루를 보낼 것이다. 그렇게 조용히 시간처럼 늙어가고 싶다. 이 세상에 없는 것처럼 조용하게.

나의 '드럼이 있는 방'은 자연이다. 드럼이 있는 방을 준비하며 자연을 욕심껏 끌어안을 수 있는 나만의 공간을 조금씩 만들어 나가고 있다. 일상에 지칠 때 가서 충전할 수 있는 곳, 오롯이 '나'로 돌아갈 수 있는 곳. 자신의 행복을 위해 드럼이 있는 방을 만들자. 도서관이라도 좋고, 노래방이라도 좋고, 햇볕이 잘 드는 베란다여도 좋고, 집 앞 공원이라도 좋다. 그곳만 다녀오면 숨통이 트이는 곳. 나를 다시 살게 하는 그런 곳을 만들어 보자.

Cafe '자연속으로'

변상진

나의 20대를 돌이켜 보면 많은 추억이 이곳으로 모여든다. Cafe '자연속으로'

스무 살이 되어 고등학교 절친들은 각자 다른 대학으로 진학했다. 근사한 대학 생활을 기대했지만, TV에서 보던 캠퍼스의 낭만 같은 건 없었다. 대학 친구들이 만끽하려고 했던 일탈 같은 생활은 사실 너무 시시했고, 그건 나만 그런 건 아니었나 보다. 그러니 찐친들이지^^ 우리는 여행이라는 새로운 경험을 해 보기로 했다. 정보를 찾던 중 Cafe '자연속으로'를 발견하게 되었다. 그 당시에는 인터넷으로 정보를 찾기가 쉽지 않은 때여서 돈 없고 시간 많은 대학생인 우리에겐, 몇 시간이고 자료를 찾고 사람을 만날 수 있는 최적의 장소였다.

  Cafe '자연속으로'는 동성로 중심가에서는 조금 벗어난 향촌동 대로변에 자리 잡고 있었다. 이 동네를 찾는 이들은 또래보다는 5~60대 어른들이 대부분이어서 우리가 그 카페를 찾아낸 것은 정말 우연이었다. 새 책 구매가 부담스러워 중고 서적이라도 찾아볼 요량으로 대구역 지하도를 가던 길이었다(지금은 대부분 사라졌지만, 대구역 지하도엔 중고 서적이나 골동품 같은 중고 물품들을 취급하는 상점들이 꽤 있었다). 다닥다닥 붙어 있는 건물들 사이 붉은색 벽돌의 작은 5층 빌딩—주위에 높고 화려한 빌딩들로 눈에 띄지 않는 그런 건물— 4층, '자연속으로'라는 단어가 눈에 들어왔다. 이런 공간이 있을 것이라고는 예상치 못한 아주 뜻밖의 수확이었다. 잔잔한 음악과 함께 주광색의 낮은 조도, 초등학교 교실 같은 삐걱거리는 나무 마룻바닥, 원목의 긴 책장에는 책들이 한 벽을 가득 채우고 있다. 문이 열리며 울리는 작은 종소리에 한껏 그을리고 수염이 거뭇거뭇하신 아저씨가 인사를 했다. 그렇게 우리는 Cafe '자연속으로'와 23아저씨(사장님^^)를 만났다.

  Cafe '자연속으로'는 소장하고 있는 책도 많았지만, 여행의 산증인, 23아저씨와 같은 목적으로 찾아오는 여행자들이 있었다. 목적지를 잡지 못하고 있을 때 그들과 대화하다 보면 우리만의 여행을 만들어 낼 수 있었다. 그리고 이곳에서 만난 여행자들은 낭만이 있었다. 값싼 차 한잔에, 음악 하나에 감성이 살아 있었고, 함께한 사람과의 시간으로 잠시의 여유를 즐길 줄 아는 이들이었다. Cafe '자연속으로'에서 나는 자연을 만났고 여행의 의미를 어렴풋이 알게 되었으며 낭만 가득 여행자를 만날 수 있었다.

23아저씨는 Air Supply의 〈Making love out of nothing at all〉을 좋아했다. 여행을 마치고 카페로 돌아와 이 곡이 들리면 좋아했었다(나중엔 일부러 재생하기도 했다). 워낙 말수가 많지 않으셨던 분이라 표현하지 않았지만 알 수 있었다. 천식이 있어 카페가 있는 4층까지 올라오는 것도 힘들어했었지만 늘 산을 즐겨 찾았고, 절밥을 좋아하는 크리스천이었다. 늘 한 몸같이 매고 다니는 배낭에는 물과 천식 흡입기, 니콘 카메라가 있었다. 여행을 다녀온 날은 계산오거리 사진관에 들러 인화한 사진을 정리하며 늦은 시간까지 카페에서 시간을 보내셨다. 사진에 관한 이야기도 많이 해 주셨는데 사진 찍는 기술이 아닌 여행지의 느낌, 아름다움, 사람, 음식 등 시시콜콜한 이야기들을 들려주셨다. 60이 넘은 23아저씨는 여전히 여행을 다니시며 남들이 잘 찾지 않는 숨은 장소의 이야기를 사람들에게 들려주고 계실 것이다.

꼭 선운산 복분자(23아저씨가 이분을 위해 특별히 주문해 놓던) 한잔하며 꼰대처럼 세상의 불합리성에 대해 쏟아 내시던 사장님도 기억난다. 또 눈빛이 누가 봐도 선생님이었던 윤리 선생님 영지 언니, 한 달에 한 번씩 들러 라면 하나 먹으며 등산 지도를 복사해 가던 가난한 산악인, 생애 첫 유럽 배낭여행을 앞두고 매일 같이 찾아오던 대학생 언니, 목소리가 멋진 모 방송사 PD님, 담백한 여행 이야기를 담아내던 잡지사 기자 언니, 이혼 후 홀로 아이를 키우며 보험 일을 하던 소녀 감성 언니, 카페 손님보다 더 많았던 나의 친구 손님들. 나의 첫사랑도 이곳에서 끝이 났고, 새로운 사랑과 인연을 만나기도 한 Cafe '자연속으로'. 나는 이곳에서, 많은 사람을 만났고 그들의 이야기를 들었다.

공간에는 사람이 존재하고 그들의 삶과 추억이 존재한다. 공간에는 함께한 사람들과 아련한 추억이 새겨져 있고, 사랑하는 사람과의 설렘과 그리움이 존재하기도 하며, 현실에서는 이루지 못할 미래를 꿈꾸기도 한다. 20대에 우연히 발견한 공간인 Cafe '자연속으로'는 어렴풋한 행복의 기억과 자꾸만 추억하게 만드는 공간으로 남아 있다. 누구에게나 거창하지 않지만, 여전히 잊히지 않고 행복한 추억 한 조각으로 기억되는 공간이 있을 것이다. 화려하거나 꼭 특별한 무언가가 있지 않아도 말이다. 내가 만난 Cafe '자연속으로'가 그랬다. 화려하지도, 많은 사람이 찾지 않는 공간이었지만, 20여 년이 지난 지금도 뇌리에 남아 있는 것 보니 나에게 그 공간이 그러했나 보다. 치열한 20대의 쉼표 같은 공간이자 다양한 사람을 만나 경험해 보지 못한 이야기들로 다가올 더 치열해질 미래를 준비할 수 있었던 공간으로 말이다.

공간은 그 기호에 따라 그 사람의 정체성이 드러난다. Cafe '자연속으로'에서의 안락함, 자연스러움, 낭만과 고단함, 그리고 설렘과 두려움. 지금의 나를 표현하는 의미이기도 하다. 나는 억지스러움을 싫어하고 때때론 감수성 충만한 소녀로 낭만과 고독을 즐기며, 자연의 변화를 받아들이고 가끔은 한계에 도전하는 모험정신이 강한 사람이다.

당신의 공간 취향은 어떠한가? 당신도 행복의 한순간을 담고 있는 공간이 있는가?

Cafe '자연속으로'에서 나는 새로운 만남과 설렘이 있었고, 헤어짐과 아쉬움도 있었다. 나의 20대를 추억 가득 행복한 공간으로 기억하게 해 준 23 아저씨와 Cafe '자연속으로'는 나를 미소 짓게 하는 소중한 스팟 중 하나다.

나는 지금까지도 향촌동을 지나갈 때면 여전히 Cafe '자연속으로'가 있던 건물을 일부러 스쳐 지나가 본다.

추억이 머무는 마음

안여진

40대가 되니 추억은 마음속에 내려앉은 빛처럼 느껴진다. 아무것도 특별하지 않았던 시절이 지금은 이유없이 그립다. 사람은 옛 감성을 그리워하며, 그 따스한 조각들을 하나씩 가슴에 담고 산다. 내 추억의 한 페이지는 '붕붕이' 자동차로 채워져 있다. 2002년, 연애 시절부터 함께했던 첫 차였다. 지금의 남편 포도 씨와 연애 시절, 포도 씨와 함께 붕붕이를 타고 떠난 여행은 지도 한 장에 의지했다. 붕붕이란 이름 또한 내가 지어 준 애칭. 내비게이션이 없던 시절, 고속도로를 달리다 목적지에 가까워지면 창문을 내리고 지나가는 사람에게 길을 물었다. 길을 물으며 떠난 여행은 불편했지만, 그 불편 속에서 웃음과 설렘이 가득했다. 24살, 운전면허를 막 딴 나에게 포도 씨가 도로 주행을 가르쳐준 덕에 내가 운전한 '붕붕이'는 더 애틋한 존재가 되었다. 연애할 때 밤새 차 안에서 나눈 이야기, 나와 너에게 우리라는 이야기를 품고 무수히 많은 이야기들을 나눴었다. 우리 아이가 태어나면 이름을 뭐로 지을까? 꿈꾸던 미래의 이야기들. 트렁크 번호판 위에 우리 둘의 이니셜 스티커를 붙이던 설렘은 지금도 생생하다. 붕붕이는 좋은 차는 아니었지만, 마음만 먹으면 어디든 떠날 수 있는 자유를 주었다. 18년간 잔고장 없이 우리를 어디든 데려다주었고, 아이 둘이 태어난 뒤에도 캠핑을 함께 다녔다. 폐차하는 날, 눈물이 펑펑 쏟아졌다. "붕붕아, 잘 가. 편안한 곳으로." 오래된 친구와의 이별이었다. 그 차는 단순한 물건이 아니라 내 젊음의 증거였다.

사람은 어떤 공간을 추억 삼아 살아갈까? 이 질문은 마음을 다독인다. 추억은 특정 공간에 깃들어 나를 지탱한다. 나에게는 시골 할머니 집 마루청은 어린 날의 안식과 그리움을 품었다. 여름 방학 때마다 시골 할머니 집을 놀러 갔다. 부모님의 잔소리에서 벗어난 피난처였다. 할머니는 손녀를 위해서 라면 한 상자를 사다 놓으셨다. 질리도록 먹었지만 할머니집에서 먹었던 라면 맛은 지금은 흉내 낼 수 없는 맛이다. 경운기를 타고 할머니와 밭을 누비던 순간은 엉덩이가 탈탈 아플 만큼 울퉁불퉁했지만, 놀이 기구처럼 짜릿한 기쁨을 주었다. 복숭아 밭에서 바로 따먹던 그 과즙은, 지금은 도저히 느낄 수 없는 달콤함으로 입안에 맴돈다. 할아버지는 내가 심심해할까 봐 지붕 아래 밧줄로 그네를 만들어 주셨다. 그 손길은 거칠지만 따뜻했고, 그네를 타며 바람을 가르던 순간은 어린 나를 자유롭게 날게 했다. 손녀에게 모든 것을 내어 주시는 할머니 품도 따뜻했고, 새벽녘에 밭일을 나가시던 할

아버지와 할머니가 한낮엔 잠시 마루청에 낮잠을 주무시는 모습은 평화 그 자체였다. 밖은 더위가 한창이었지만, 마루청에 누우면 나뭇결 사이로 스며드는 서늘한 바람은 어린 나를 어루만졌다. 그곳에서 나는 세상의 소음에서 벗어나 안식을 찾았고, 지금도 그 공간을 떠올리면 할머니와 할아버지의 사랑이 그리움으로 되살아난다. 마루청은 단순한 공간이 아니라 어린 시절의 평온을 간직한 보금자리다.

누군가에게는 첫사랑과 이야기 나누던 찻집이 추억의 장소일지도 모른다. 나무 테이블에 놓인 따뜻한 차 한 잔, 창밖으로 보이던 흐릿한 거리. 그 공간은 풋풋한 설렘을 품고 세월 속에 고요히 남아 있을 테다. 40대가 된 나에게 추억은 손때 묻은 공간들 속에 있다. 이 공간들은 나의 모습이었고, 40대의 무게를 덜어줬다. 사람은 어린 날의 안식, 젊은 날의 설렘, 아픔 속의 위로, 사랑의 온기가 있는 공간을 가슴에 새기며 살아간다. 추억은 나를 지탱하는 뿌리가 되어 오늘을 살아가게 한다.

요즘 젊은 사람들이 추억하는 공간은 어디일까? 문득 떠오르는 그 질문은 세대 사이의 틈을 톡 건드린다. 최근 뉴스를 들여다보면, 그들의 추억은 디지털과 아날로그가 얽힌 독특한 공간에서 피어난다. 소셜미디어 계정에서, "90년대 광고 음악이나 게임 소리가 젊은 이 사람들에게 행복한 어린 시절의 핵심 기억"을 불러일으킨다고 한다. 내가 붕붕이 차 안에서 라디오로 듣던 노래를 떠올리며 미소 짓듯, 그들은 디지털 공간에서 추억을 되살린다. 이들에게 유튜브는 내가 마루청에서 낮잠 자던 것처럼 편안한 공간이다. 디지털이든 물리적이든, 그들에게 추억의 공간은 마음이 잠시 쉬어 가는 곳이다. 세대마다 다른 공간에서 추억을 쌓지만, 그 공간이 주는 감정은 닮아 있다. 이 보편적 따뜻함은 우리를 어떻게 오늘로 이끄는 걸까?

세대마다 추억의 공간은 다르지만, 그 공간이 주는 감정은 보편적이다. 캠핑은 내게 또 다른 행복한 공간이다. 캠핑이 흔하지 않던 시절, 빛바래고 오래된 노란 텐트를 가지고 시작했던 그 날의 추억이 내 기억 속에 남아 있는 것을 보면 의자도 장비도 없었던 그때의 추억이 더 생생하게 느껴진다. 포도 씨와 둘이 손으로 텐트를 펴고, 땅에 말뚝을 박던 그 순간, 땀과 웃음이 뒤섞였다. 불편했지만, 그 불편한 속에서 피어난 자유로움이 마음속에 기억되었다. 추억은 세대마다 다른 얼굴을 하지만, 그 공간이 주는 따뜻함은 같다. 캠핑 장비를 꺼내 2시간가량 준비를 하는 동안 아이들은 어느새 옆 텐트의 친구를 사귀고 우리 집이야 초대할게라며 돗자리를 펴고 작은 소풍을 열었다. 비 오는 날 텐트 안에서 들리던 빗소리, 멍하게 바라보는 캠프파이어의 따스한 불빛은 내게 행복한 공간의 첫 장면으로 남았다.

하늘은 맑았고, 풀 냄새가 코끝을 간질이던 그날. 별다른 준비 없이, 그저 함께였던 그 공간은 내게 캠핑만큼이나 소중한 추억이 되었다. 행복은 거창한 장소가 아니라 가족의 숨소리가 있는 곳에서 함께한다.

나는 단단한 이 공간에서 앞으로 모습을 그린다. 추억이 깃든 공간은 누구에게나 있다. 친구들과 비를 피해 숨어든 가게 앞, 사랑하는 이와 손잡고 거닐던 길가. 그곳에서 우리는 눈물을 삼키고, 미소를 되찾는다. 캠핑 텐트의 바람, 숲속의 풀냄새, 공원을 산책하던 공기 소리, 사람은 각자의 공간에서 삶을 채워 간다.

추억이 함께한 공간에서 우리는 마음속 오래된 상자를 열어젖힌다. 지나온 공간들은 단순한 장소가 아니라 나를 이룬 시간의 조각들이다. 그곳에서 나는 웃었고, 울었고, 다시 일어섰다. 그 공간에서 나는 무엇을 얻었을까? 아마도 단순함 속에서 피어나는 기쁨, 사랑하는 이와 함께라는 안온함을 가슴에 새겼을 거다. 그곳에서 나는 나를 되찾고, 앞으로 나아갈 힘을 얻는다.

공간의 힘은 세대를 초월한다. 할머니 집 마루청에서 나는 안식을, 포도씨와 캠핑에서 한 덩어리로 연결된 따스한 연대를 배웠다. 추억은 단순한 과거가 아니라 오늘을 살아가는 힘이다. 사람은 저마다의 공간에서 추억을 떠올리며 살아간다. 그곳에서 우리는 따뜻함과 용기를 얻으며, 서로를 감동으로 연결한다. 그 힘으로 우리는 오늘을 살아가고, 내일을 꿈꾼다.

내 어릴 적
마당으로 초대합니다

윤혜원

"목골띠기요~~ 우리 꽃구경 왔데이~~!"

목골댁은 나의 할머니다. 알록달록한 꽃이 지천을 뒤덮는 봄이면 동네 할머니들은 우리 집으로 삼삼오오 모여들었다. "우린 꽃구경하러 버스 대절해가 멀리 갈 필요가 없다!" 할머니들의 말씀은 참이다. 어릴 적 살던 집의 대지는 150평 정도였다. 어린 나에게 마당은 종일 돌아다녀도 발길이 닿지 않은 공간이 있을 정도로 넓었다. 형형색색으로 물든 마당을 만나기 위해서는 신작로라 불렸던 왕복 일차선도로와 대면하는 좁은 골목길로 들어서야 했다. 'ㄱ'자로 꺾어진 골목길 오른쪽으로는 은행나무가, 왼쪽으로는 맨드라미가 자리하고 있었다. 그 골목길 끝에 성인 남성 키를 훌쩍 넘는 높다란 대문이 있다. 대문을 넘어 발걸음을 옮기면 앵두나무, 사과나무, 두충나무 외에 이름을 알지 못하는 갖가지 나무들이 나의 오른편 뒤로 지나갔다. 나

무들의 행렬이 끝나는, 즉 너른 마당이 시작되는 곳에 서서 눈을 돌리면 눈
길을 주는 곳곳이 꽃이었다. 골목길부터 시작해서 집 마당의 후미진 곳까지
꽃이 피지 않은 곳이 없었다. 봄이면 색색의 고운 꽃을 입은 마당은 그곳을
누비는 나의 마음을 한껏 들뜨게 했다. 꽃뿐만이 아니다. 종일 파고 놀았던
흙, 돌로 찧고 빻기만 해도 멋진 음식이 된 이름 모를 잡풀들, 타잔 흉내를
내며 오르내리던 낮은 나무, 언제나 맑은 물을 길어 올렸던 우물. 종일 머물
러도 지루하지 않았던 곳. 집에 홀로 있어도 외로움을 느낄 겨를이 없었던
곳. 언제나 포근하고 따뜻한 느낌이 감돌던 마당은 놀이터였고 친구였다.

공간이 주는 힘은 크다. 단순히 물리적 장소를 넘어 심리와 사고방식에도
영향을 준다. 집이나 개인 공간은 철학자나 건축가들에 의해 '제3의 피부'로
불릴 만큼 개인의 심리적 안정감에 큰 영향을 준다. 종일 업무에 시달리다,
또는 사람에게 치여 지친 몸을 집 안으로 들이는 순간 몸도 마음도 편한 숨
을 내쉬게 된다. 또 숲이나 공원 같은 자연환경은 스트레스를 줄여 주고 긍
정적인 감정을 갖게 해 우울증과 불안을 감소시키는 효과가 있다고 한다. '숲
치료'나 '정원 치료' 같은 우울증 치료 방법의 존재가 이 사실을 뒷받침한다.
전혀 다른 새로운 공간은 상상력과 창의력을 자극하기도 한다. 교향곡
〈신세계로부터〉를 작곡한 '안토닌 드보르작'은 체코의 '비소카'라는 마을에
위치한 별장에서 작품 활동을 했다. 그는 조용한 환경에서 음악을 작곡하는
것을 좋아했다고 한다. 그의 별장은 도시의 소음에서 벗어나 조용하게 창작

에만 몰두할 수 있는 공간이었다. 이처럼 예술가들이 익숙한 환경을 벗어나 낯선 공간에서 작업을 하는 이유도 이와 같을 것이다. 낯선 공간은 매일 같은 일상의 반복으로 지친 사람들에게 활기를 불어넣어 주기도 한다. 낯선 여행지에서 느끼는 설렘과 작은 긴장감은 심장을 두근거리게 하고 정신과 몸에 생기를 불어넣기에 그만이다. 이처럼 우리의 삶에 긍정적인 영향을 미치는 공간이 있다. 이곳에서 우리는 더 나은 심리적 안정감, 창의성을 경험할 수 있다.

도시로 이사를 나온 후 더 이상 나에게 마당은 없었다. 물리적 마당도 사라졌지만, 심리적 마당도 사라졌다. 아버지의 병환으로 집은 항상 검은 그림자에 뒤덮여 있는 듯했다. 집안의 공기는 나를 짓누르고 있는 것처럼 느껴졌다. 집은 더 이상 마음 편히 머물 수 있는 공간이 아니었다. 이때 나를 품어준 곳은 독서실 책상 한 칸이었다. 어둡고 조용하다 못해 고요한 공간에서, 물론 공부도 했지만, 좋아하는 팝송이 흘러나오는 이어폰을 귀에 꽂고 책상에 앉아 있으면 잠시나마 숨통이 트였다. 모든 게 예민하게 느껴질 사춘기 시절, 조용하고 어두운 작은 나만의 마당이 있었기에 어두운 그림자도 무거운 공기도 버텨낼 수 있었다.

삶이 버거워질 때가 있다. 몸이 아프다거나 마음이 지쳐서 그 어떤 것도 할 수 없는 것처럼 말이다. 그럴 때 나 몰라라 방치해 두면 결국은 방전되어

재충전에 더 많은 에너지가 필요하다. 심리적 피로의 해소도 몸의 피로 해소만큼 중요하다. 아니 그보다 더 중요하다. 정신이 신체를 지배한다는 말도 있지 않은가. 충전이 필요하다고 생각될 때, 혹은 하루의 끝에 내일을 다시 살아갈 힘이 필요할 때, 딱히 이유는 없어도 쉼이 필요할 때. 만사를 제쳐두고 달려가야 한다. 나만의 행복 공간으로. 그곳은 시든 꽃밭의 단비 같은 공간이다. 우리는 이곳에서 지친 마음을 쉬게 하고 에너지를 얻는다. 그리고 다시 삶을 살아가야 한다.

내가 살고 있는 제주는 올레길이 유명하다. 하지만 제주의 자연을 온몸으로 느끼기에는 올레길보다 숲길이 제격이다. 숲길을 걸을 때면 모든 감각이 살아난다. 상쾌하고 신선한 공기를 들이마시면 자연의 향기가 후각을 자극한다. 키가 큰 나무가 하늘을 가리기도 하고, 이끼로 뒤덮인 바위들이 나타나는가 하면 나지막한 나무들이 내 무릎 자락을 스치기도 한다. 걸음을 내딛는 만큼 달라지는 풍경에 잠시도 한눈을 팔 수가 없다. 눈길 닿는 곳곳은 온통 초록이다. 활자와 스마트폰의 불빛으로 지친 눈에 휴식을 준다. 바람도 눈앞에 보이는 듯하다. 나뭇잎이 이리저리 흔들리고, 나무들도 휘청휘청 춤을 춘다. 나를 스쳐 가며 이마의 땀을 훔쳐 내주기도 한다. 저 멀리서부터 바람이 다가오는 소리도 들을 수 있다. 사각사각 나뭇잎들의 속삭임으로. 이 가운데 서 있다는 생각만으로도 상쾌하고 깨끗한 공기가 폐 깊숙이 들어차는 듯하다. 숲으로 슥 발을 내디디면 매일 드나들던 높다란 대문을 넘어 마당으로 들어서는 것처럼 친숙함이 느껴진다. 나도 모르게 입꼬리가 올라가고 발걸음엔 힘이 생긴다. 호흡은 가빠지고, 다리는 천근만근처럼 느껴져도 신명이 난다. 숲이 주는 에너지는 일상에 지친 마음에 활력을 불어넣는다. 숲이 만들어 내는 갖가지 소리와 풍경, 향기에만 온통 신경이 팔려 다른 걸 생각할 겨를도 없다. 아무 생각도 하지 않는 것. 진정한 쉼이다. 나의 새로운 마당이다.

세상에 맞서 종일 전투를 치르고 돌아오면 포근하게 품어주는 집, 혼자 있고 싶을 때 달팽이가 집 안으로 몸을 숨기듯 잠시 나를 숨길 수 있는 비밀 장소, 외로울 때 마음을 나누는 친구가 필요하듯 조용히 외로움을 달랠 수 있는 친근한 공간, 머물기만 해도 편안함을 느끼는 공간, 오롯하게 쉴 수 있는 곳, 삶이 생기를 잃어갈 때 활기를 되찾아 주는 공간. 그 공간에 있는 것만으로도 힘을 얻고 기운을 차릴 수 있는 곳이라면 어디든 행복 공간이 된다. 학창 시절 나의 좁고 어두웠던 한 칸 마당처럼. 어디든 좋다. 가까운 공원도, 집 안의 어느 특정한 공간이 될 수도, 조용한 카페나 도서관, 사람들로 붐비는 왁자지껄한 공간도, 심지어 상상의 나래를 펼쳐 가상의 공간을 만들어 내는 것도. 어느 곳이든 상관없다. 나만의 행복 마당이기만 하면 되는 것이다.

이 글을 읽고 있는 지금, 잠시 읽기를 멈추고 생각해 보라. 어디에 몸을 두었을 때 가장 편안한지, 어떤 공간에서 에너지가 채워지는지, 생각만 해도 미소가 지어지는 곳이 어디인지 말이다. 바로 그곳이다. 만약 '나는 그런 공간이 없는데?'라는 생각이 든다면 이제부터 만들어 보는 건 어떨까. 가장 가깝고 오래 머무는 공간인 집을 행복이 흘러넘치는 공간으로 가꿀 수도 있다. 내 집의 방 한 칸, 소파, 책상 등을 나만의 공간으로 만드는 것 또한 좋은 방법이다. 집 근처 작은 공원에 햇살이 잘 드는 벤치가 있진 않은가. 남들은 잘 모르는 잘 알려지지 않은 나만의 단골 카페나 가게는? 나를 품어줄 수 있는 공간이 있다는 것. 그곳은 나만의 만병통치약을 가진 것처럼 든든함을 줄 것이다.

행복은 내가 만들어 가는 것이다. 행복의 공간을 찾는 것도 마찬가지다. 지저분한 공간을 깨끗하게 치우는 행동으로, 좋아하는 음악을 틀어 공간에 감정을 채워 넣는 행동으로, 옷을 갈아입고 귀찮음이 똘똘 뭉친 몸을 이끌고 집 밖으로 나가는 행동으로 행복 공간은 만들어진다. 행복은 등불이다. 어두운 삶에 반짝하고 빛을 밝혀 주는 등불이다. 저절로 반짝이는 빛은 없다. 스스로 빛을 내는 항성도 그 내부에서는 단 1초도 쉬지 않고 핵융합반응이 일어나 에너지를 만들고 있다. 모든 등불이 에너지가 필요하듯 우리도 공간에 행동이란 에너지를 채워 넣으면 행복 등불에 불이 탁!하고 켜질 것이다.

터전과 삶이 되는 여행

이경주

국어사전에 '공간'은 물리적으로나 심리적으로 널리 퍼져 있는 범위, 어떤 물질이나 물체가 존재할 수 있거나 어떤 일이 일어날 수 있는 자리로 정의되어 있다.

고등학교 때까지 부모님과 함께 살았는데 집에서 시간을 많이 보내지 못했다. 아빠의 술주정으로 인해 집에서 거의 자지 못했고 늘 다른 집을 전전하면서 지냈다. 작은 농촌마을에는 약 50명의 주민들이 살고 있었다. 서로가 친하게 지냈고 친근하게 시간을 보냈다. 아빠는 "법 없이도 살 사람이야."라는 말을 동네어른들에게 자주 들었다. 그런데 친척분에게 사기를 당한 후에 술을 먹었는데 이후 술만 먹으면 폭력적으로 바뀌었다. 집에서 잠을 잘 수 없을 정도로 아빠는 지독하게 우리를 힘들게 했다. 소리 지르고 때때로 폭력적인 행동을 보였다. 고등학교 졸업 때까지 집에서 잠을 잔 일수는 손에 꼽을 정도로 적었다. 주방에서 가족들을 위해 음식을 만들고 함께 식사하면서 대화하는 시간이 참 행복하고 따뜻한 시간이다. 결혼 후 남편의 직장 때문에 작은 원룸에서 신혼생활을 시작했다. 대학교 때부터 친구들과 자취를 한 경험이 있었기에 작은 집에서 생활하는 것이 낯설진 않았다. 좁은 공간에 물건들은 많아서 공간이 적었다. 개인적인 공간이 없었기에 남편과 많은 대화를 했다. 협소한 공간에 개인적인 공간도 없었지만 더 소중하고 큰 것을 얻는 값진 시간이었다. 남편과 더 친밀한 시간을 보냈고 작은 공간이지만 삶의 보금자리가 있어 감사했다. 이후에 작은 아파트로 이사를 가게 되었다. 이사 간 첫날은 아직 가구나 물건이 없었는데 원룸의 한 공간에만 있다가 방이 여러 개 있고 넓은 안방에 덩그러니 누우니 휑하고 무서운 느낌이 들었다. 그래서 둘이 손을 꼭 붙잡고 잠을 잤다. 나중에 알게 된 사실인데 그때 남편도 나와 비슷한 생각을 했다는 것이다. 새로운 보금자리가 너무나도 좋았고 맘에 쏙 들었다.

2021년 코로나 19가 온 나라를 뒤덮었을 때 우리 가족은 나부터 시작해서 아이들 두 명, 그리고 남편까지 모두 코로나 19 바이러스에 감염되었다. 7일간의 격리 기간은 오롯이 가족들끼리 보내는 특별한 시간이었다. 처음엔 나만 감염되어서 방에서 혼자 시간을 보냈다. 남편이 음식솜씨를 발휘해서 나름 맛있는 음식으로 나에게 대접하였다. 이후에 모두 걸렸을 때 함께 보드게임도 하고 음식도 해 먹으면서 좋은 시간을 보냈다. 집이라는 공간에서 모두 함께 7일을 보낸 것은 처음 있는 일이였는데 색다른 경험이었고 서로가 서로를 더 잘 알아가는 기회가 되어 소중한 시간이었다. 격리가 끝났을 때 기쁨과 섭섭함이 함께 공존하는 특별한 감정을 경험하였다.

집이라는 공간은 누구와 함께 하느냐에 따라서 감정이 달라진다. 어릴 적 집이라는 공간은 내게 안식처가 되지 못했다. 각자 있는 자리에서 최선을 다해 가족들과 또는 친구들이랑 같은 공간에 있으면서 행복하고 따뜻한 기운이 있는 좋은 공간이 되었으면 싶다.

나는 걱정과 염려가 많은 편이다. 실제 일어나지 않은 많은 일을 미리 걱정하고 염려하여 자녀들이 "엄마는 걱정인형"이라고 말할 정도다. 그러나 믿음을 가진 이후로는 걱정과 염려를 주님께 가지고 나아간다. 집 골방에서 혼자 시간을 내서 기도할 때 행복하다. 모든 염려와 스트레스를 하나님께 아뢸 때 새 힘과 위로를 얻는다. 여러분들도 어떤 공간에 있을 때 힘이 나는지 생각해 보고 그 공간에 머물러 있길 바란다.

우리 가족은 여행을 좋아하고 또 자주 가는 편이다. 익숙한 일상에서 벗어나 새로운 곳으로 떠나는 여행은 스트레스가 해소되고 일상의 짐을 내려놓는 값지고 행복한 시간이다. 국내는 물론 해외까지 많은 곳으로 여행하면서 좋은 추억과 행복한 시간들로 채우고 있다. 첫째 아이가 돌이 되었을 무렵 곧 복직을 앞두고 있었다. 친정어머니, 아버지와 함께 일본으로 여행을 갔었다. 엄마는 해외여행이 처음인 터라 여러 가지로 신경 쓸 게 많았다. 하지만 오히려 여행 중에는 엄마가 아이를 많이 돌봐주셔서 내가 더 편하게 시간을 보내고 왔다. 일본은 섬나라이며 칼같이 질서를 지키며 어느 도로를 봐도 너무 깨끗했다. 온천도 가고 힐링되는 좋은 시간이었다. 아이들이 초등학생이 되기 전 시댁 식구들과 베트남 다낭과 나트랑에 갔었다. 여러 군데의 실내수영장과 호텔 바로 앞에 바다가 있는 참으로 멋진 곳이었다. W라는 호텔 안에 도마뱀이 있어서 깜짝 놀랐던 기억이 난다. 베트남음식은 생각보다 너무 맛있었고 다른 문화를 경험하는 시간은 참으로 유익하고 즐거운 시간이었다. 아이들도 어릴 적에 갔음에도 불구하고 그때의 여행을 많이 얘기하곤 한다. 특이한 점은 우리나라와 다르게 교통수단으로 오토바이가 많다는 것이다. 차와 차 사이에 오토바이가 참으로 많았는데도 사고가 나지 않아 신기했다. 사회주의 국가임에도 사람들에게는 따뜻함이 많이 느껴졌다. 직장을 다니면서 수간호사 선생님의 배려로 2주간 유럽여행을 다녀왔다. 이탈리아와 로마를 여행하면서 우리와 다른 문화를 볼 수 있었고 시야가 많이 넓어지는 값진 경험을 하였다. 평소에 양식을 좋아하는 편인데 유럽에서의 반복적인 식사는 너무나도 먹기가 힘들었다. 외국에서는 그 나라 음식을 먹어야 된다는 남편의 말이 무색하게 나는 한식을 고집했었다. 가격도 비싸고 식당까지 이동 거리도 있었지만 너무 맛있고 어깨가 들썩거릴 정도로 기분이 좋았다. 집으로 돌아가서는 감사함으로 한국음식을 먹어야겠다고 다짐하고 또 다짐했다. 얼마 전 아이들과 택시를 탔는데 기사분이 자신의 손자, 손녀와 나이가 비슷하다며 얘기를 꺼냈다. 본인은 퇴직금과 돈을 벌어서 손자, 손녀들과 해외여행을 10군데 이상 다녀왔다고 했다. 어렸을 때의 여행은 아이들에게 새로운 시야와 넓은 비전을 심어 준다는 말도 했는데 참 공감 가는 귀한 말임을 다시금 느끼게 되었다.

학교를 졸업하고 병원에 다닐 즈음 힘들고 지쳐있을 때 친구 두 명과 담양으로 여행을 다녀왔다. 겨울이라서 눈을 실컷 봤었고 나무 사이에 눈이 마치 옷을 입은 듯이 곳곳에 수놓아져 있었다. 메타스콰이어 길은 쭉 뻗어 있어서 시원한 기분이 들었다. 오랜만에 즐겁고 행복한 시간이었다. 친구들과 수다를 떨면서 스트레스를 날려버릴 수 있었다. 종종 함께 여행을 가자고 약속했다.

공간은 어떤 마음으로 바라보는지가 중요하다. 내가 있는 가정, 직장, 교회에서의 공간을 소중히 여기고 아름답게 그 공간을 채워나갈 때 어떤 공간이든지 의미가 있고 내게 행복함을 준다는 것을 기억하자. 결혼 후 세계 곳곳으로 여행을 다녔는데 눈앞에 있는 것만 바라보는 것이 아니라 다른 문화, 그리고 사람들을 만나면서 시야가 넓어지고 다양한 생각들을 하는 것이 여행의 묘미다. 여러분들도 각자 거하고 있는 공간을 의미 있고 행복하게 보내기 위해 마음을 정비하고 또 그 공간을 사랑하는 자가 되었으면 좋겠다. 또 기회가 될 때마다 새로운 곳으로 여행을 떠나 기쁨을 누리고 시야를 넓히자. 소중한 시간을 보냈으면 한다.

낯설어서 설레는 중입니다

이은주

우리는 흔히 익숙한 공간에서 안락함과 안정감을 느낀다고 생각한다. 집, 직장, 학교 또는 내가 자주 가는 카페와 같은 곳에서 우리는 삶의 일부분을 보내며 편안함을 찾곤 한다. 그러나 나는 살아가면서 사람들 때문에 숨 막히게 힘들어서 어떻게 해야 할지 모를 때 편안한 곳보다는 낯선 곳으로 훌쩍 떠나곤 했다. 그곳은 새로운 경험을 통해 나의 사고를 전환해 활기를 주는 공간이었다.

가장 먼저 기억나는 곳은 안동이다. 스무 살 봄, 심심한 주말이었다. 친구와 이런저런 이야기를 하다가 갑자기 기차 여행을 해 보자는 얘기를 했다. 일단 동대구역에서 만나서 장소를 정하기로 했다. 다음날 동대구역에서 만난 우리는 용돈에 맞는 목적지를 찾았다. 지금처럼 앱으로 예매할 수 있는 시대가 아니었기에 동대구역에 있는 기차 예매 판을 열심히 쳐다보면서 찾았다. 우리가 가진 돈과 당일치기라는 기준으로 찾은 곳이 안동이었다. 기차를 타고 안동역에서 내려 목적지도 없이 헤매다가 안동 시장 쪽으로 갔다. 점심때가 한참 지나서 배가 고팠기 때문에 안동에서 유명한 안동 찜닭을 먹기로 했다. 그런데 안동 찜닭 간판이 하나도 보이지 않는 것이었다.

"찜닭집이 어디 있는 거야? 못 찾겠는데 우리 그냥 편의점에서 컵라면이나 먹고 가자."

"그래, 할 수 없지."

어쩔 수 없이 편의점을 찾았는데 그조차도 보이지 않았다.

"야, 안동이 이렇게 촌인 줄 몰랐다. 편의점도 하나 없네."

실망한 채 두리번거리던 내게 친구가 말했다.

"안 되겠다. 기차 시간 다가오니까 우리 그냥 대구 가서 먹자."

그렇게 우리의 여행은 끝이 나버렸다. 특별한 곳을 가지도 못했고 맛있는 것을 먹지도 못했는데 아직도 그날을 떠올리면 미소가 지어진다. 친구와 헤매던 안동 어느 골목, 낯선 곳에서 예기치 못한 경험을 하는 것은 신선했다. 그래서 길을 잘못 든 줄 알았던 그 하루가, 오히려 나에게는 오랫동안 기억에 남을 선물이 되었다.

다음으로 기억나는 곳은 경상남도 거창에 있는 금원산 자연휴양림이다. 자연휴양림이라는 단어도 생소하던 때 인터넷 검색을 하다가 갑자기 가족들과 함께 금원산 자연휴양림으로 떠나게 되었다. 대구에서 2시간 정도를 달려 도착한 곳은 핀란드 같은 곳에서 볼 법한 지붕이 갈색이고 기다란 세모 모양의 통나무집이었다. 숙소에 짐을 내려놓자마자 아이들과 주변을 둘러보았다. 화장실과 식수대는 생각보다 멀리 있었고, 화장실까지 가는 길은 꼬불꼬불한 숲길이었다. 그러나 그 길마저도 우리 가족에겐 모험이었다. 아이들은 숲 사이로 흐르는 계곡을 보자마자 눈을 반짝이며 소리쳤다.

"엄마, 물! 물!"

계곡 물소리에 마음마저 씻기는 기분이 들었다. 하지만 진짜 시련은 샤워실에서 시작되었다.

"악! 엄마, 거미! 거미가 너무 커!"

"거미 때문에 씻기 싫어! 무서워!"

아이들은 공포에 질렸지만, 그 모습에 나는 웃음이 절로 나왔다.

숲에서의 하루는 이렇게 소동과 웃음으로 흘러갔다. 해가 지기 전에 숯불에 삼겹살을 구워 먹었는데, 단출한 반찬이었음에도 모두 맛있게 먹었다.

그리고 그날 밤, 모두 잠든 시간에 문득 잠결에 밖으로 나가 보니 별이 너무나도 크고, 가까이서 빛나고 있었다. 마치 손을 뻗으면 닿을 것 같은 별들이 하늘을 가득 채우고 있었다. 아이들을 깨워 함께 바라본 밤하늘은 지금도 마음 깊은 곳에 선명히 남아 있다.

1박 2일의 짧은 여행이었지만, 그 기억은 오래도록 반짝였다. 그 후로 우리 가족은 여러 자연휴양림을 찾아다녔다. 하지만 이상하게도, 금원산에서의 그날처럼 마음이 설레고 포근했던 시간은 다시 오지 않았다. 조금은 불편했지만, 그래서 더 기억에 남는 숲속의 하루였다.

　나는 익숙하고 안정적인 것을 좋아한다. 익숙한 사람, 익숙한 일, 익숙한 음식이 편하다. 그런데 나를 행복하게 하고 설레게 한 곳은 처음 가본 낯선 곳이었다. 익숙하지 않은 공간에서 느껴지는 낯선 기운은 나를 두근거리게 만든다. 마치 마음속 깊은 곳에서 작은 샘이 터지듯, 엔도르핀이 차오른다. 익숙한 곳에서 느끼는 편안함을 벗어나면 설렘이 주는 새로운 에너지의 행복을 느낄 수 있다.

　첫사랑, 첫 아이, 첫 집, 첫 차 이런 단어들을 떠올리면 뿌듯하고 행복해서 가슴 한쪽이 벅차오른다. 내게 낯선 곳은 이런 경험과 비슷한 설렘을 준다. 그곳은 새로운 경험을 주고, 나를 한층 행복하게 만드는 특별한 공간이다.

　낯선 곳에 발을 디딘 순간, 나를 감싸는 첫 번째 감정은 설렘이다. 익숙한 공간을 떠나 새로운 환경에 들어서는 것만으로도 내 안에 가슴 뛰는 기운이 차오른다. 그 설렘은 단순한 호기심이나 흥분을 넘어서, 내가 새로운 세계에 발을 들여놓는다는 사실에서 오는 깊은 행복의 씨앗과 같다. 그리고 그 설렘이 나를 행복하게 만든다.

　오늘도 나는 낯선 곳에서 느낄 수 있는 설렘을 가슴에 품고, 그곳으로 향한다. 그 설렘이 나를 행복하게 만든다는 사실을 알기에, 나는 언제나 새로운 길을 향해 발걸음을 내디딘다. 낯선 곳에서 나를 기다리고 있는 것은 새

로운 나와 그동안 알지 못했던 세상이다. 그 설렘이 내 삶을 더욱 풍요롭고
아름답게 만들어 주는 것이다.

매일 반복되는 일상 속에서 행복을 느끼지 못한다면, 때로는 낯선 곳으로
떠나보는 것이 필요하다. 새로운 환경과 경험은 나를 깨우고, 그동안 놓쳤
던 기쁨을 되찾게 한다. 낯선 곳에서 나를 다시 만나고, 새로운 삶의 기쁨을
느낄 수 있다. 익숙함에서 벗어나면, 내가 원하는 행복을 발견할 수도 있다.
그러니까 지금, 낯선 곳으로 떠나 보면 어떨까?

나만의 성소,
마음이 숨 쉬는 공간

정미림

대만에서는 집안 한쪽 구석에 조용한 사당 같은 공간을 마련해 두고, 그곳에서 돌아가신 분들을 기리는 문화가 있다. 처음에는 죽은 이를 위한 자리라고 생각했지만, 곰곰이 들여다보니 어쩌면 살아 있는 사람들이 마음을 달래고 스스로를 위로하려는 공간 같다는 생각이 들었다. 영화 속 주인공들이 제단 앞에 앉아 힘든 마음을 털어놓을 때, 꼭 무언가 응답이 있어서가 아니라, 단지 거기에 머물기만 해도 위로가 되는 듯한 장면을 보며 나 또한 그런 공간이 필요함을 느꼈다.

사람은 누구나, 위로받을 수 있는 작은 공간 하나쯤은 마음 가까이에 두고 싶어 하는가 보다. 나 역시 마찬가지였다. 육아휴직을 마치고 6년 만에 다시 직장에 복귀했을 때, 나는 절실히 그 공간이 필요함을 느꼈다. 두려움과 낯설음, 스스로를 믿지 못하는 마음이 뒤섞여 있었다. 변화된 환경 속에서 나는 어떻게 나를 지킬 수 있을까 고민했다. 그래서 나만을 위한 작은 위로의 공간을 만들기로 했다.

무엇으로 채워야 할지 고민하던 중 '행복한 물건'이라는 키워드가 떠올랐다. 나를 미소 짓게 하고, 마음을 따뜻하게 해 주는 것들이 무엇인지 생각해 봤다. 가장 먼저 떠오른 것은 '그림'이었다. 2023년, 국립중앙박물관에서 열린 "합스부르크 600년, 매혹의 걸작들" 전시회에서 처음으로 명화가 주는 감동을 온몸으로 느꼈던 기억이 강렬했다. 전시실 한가운데 걸린 그림 한 점이 큰 공간을 가득 채우는 듯한 느낌을 받았다. 나는 그 느낌을 내 사무실에도 가져오고 싶었다.

그래서 복제품 명화 두 점을 골랐다. 하나는 언젠가 꼭 가 보고 싶은 프랑스의 아름다운 성을 그린 그림, 다른 하나는 가을 황금 들판을 담은 풍경화였다. 사무실 책상 옆에 그림들을 걸어두자, 내 공간은 전혀 다른 얼굴을 갖게 되었다. 그림을 보는 것만으로도 마음이 차분해졌고, 잠시나마 하늘을 나는 듯한 여유와 따뜻함이 가슴속에 퍼졌다. 그림 앞에 서서 짧게라도 상상의 여행을 떠나는 순간만큼은 바쁜 일상 속에서 잠시 숨을 고르는 소중한 쉼이 되었다.

두 번째로 선택한 것은 작은 식물이었다. 손바닥만 한 크기의 초록 식물 하나가 주는 생명력은 상상 이상이었다. 매일 물을 주고, 잎을 닦아 주고,

햇볕이 드는 곳으로 옮겨 주는 작은 돌봄이 내게 고요한 위로가 되었다. 식물은 말을 하지 않지만, 그 존재 자체가 잔잔한 응원이 되었다. "잘 있었니?" 하고 말을 건네는 순간, 사실은 내 마음을 어루만지는 시간이었다.

그림과 식물, 이 두 가지가 자리를 잡으며 내 사무실은 작은 성소가 되었다. 남의 시선을 의식하지 않고, 오롯이 나의 취향과 감정으로 채운 공간으로 바뀌었다. 그곳은 나를 지키는 작은 성채이자, 다시 하루를 살아갈 힘을 얻는 안식처가 되었다. 누군가에게는 별것 아닌 공간일지 몰라도, 바쁜 일상 중에도 나에게 숨을 불어넣어 주고 다시 나를 일으켜 세우는 곳이었다.

가끔은 일이 버겁고 답답할 때 그림을 통해 먼 여행을 떠나는 상상과 초록 식물을 쓰다듬으며 마음을 다독였다. 현실은 바뀌지 않았지만, 내 마음만큼은 다시 일어설 수 있었다. 그렇게 짧은 순간이라도, 나는 다시 숨을 고를 수 있었다. 작은 공간이지만, 그 안에서 나는 무너지지 않고 다시 일어나는 연습을 하고 있었다.

시간이 흐르면서 이 작은 공간은 내게 점점 더 특별해졌다. 퇴근 후에도, 사무실에 둔 식물과 그림을 떠올리며 미소 짓게 되었다. 책상 위에 놓인 소박한 것들이지만, 그 안에는 내 온기가 고스란히 담겨 있었다. 작은 공간이지만, 그곳에는 나를 살게 하는 숨결이 있었다.

나는 알게 되었다. 행복은 거창한 변화나 거대한 성공이 아니라, 이렇게 일상 속 작은 공간과 순간들 속에 있다는 것을 발견하게 되었다. 작은 그림 한 점, 초록 식물 하나가 내 하루를 바꿀 수 있다는 것을 알게 되었다. 그리고 무엇보다, 나를 위해 마련한 이 공간이야말로 진정한 위로의 공간이라는 것을 말이다.

요즘은 이 공간을 조금씩 더 풍성하게 꾸미고 있다. 좋아하는 책을 한두 권 놓아두고, 향이 은은한 디퓨저를 곁에 두기도 했다. 어떤 날은 작은 엽서를 붙여 놓기도 하고, 직접 찍은 사진을 액자에 담아 놓기도 한다. 그렇게 내 마음을 담은 것들로 공간을 천천히 채워 가면서, 나는 더 깊이 나를 돌보고 있었다.

이제는 누군가에게 내 공간을 소개할 때, 자랑스러운 마음이 든다. "여기가 나를 위한 작은 성이다"라고. 그곳에 앉아 있는 것만으로도 나는 스스로를 위로받고 있다는 확신이 든다. 무심한 하루 속에서도 나를 지키는 힘, 그것은 결국 내가 스스로 마련한 이 작은 공간에서 시작된다.

오늘도 나는 책상 앞에 앉는다. 그림을 바라보고, 식물에 인사를 건네며 하루를 시작한다. 그리고 다짐한다. '이 작은 공간이 오늘도 나를 지켜 줄 거야.' 그렇게 나는 내 공간 속에서 다시 나를 만나고, 다시 걸어갈 용기를 얻는다.

결국, 나를 행복하게 하는 공간은 어디 거창한 곳이 아니라, 나를 가장 잘 품어주는 이 작은 자리였다. 그리고 그 공간을 만들어 낸 것도, 지켜낸 것도, 다름 아닌 나 자신이었다. 나는 매일 이 공간에서 다시 숨을 고르고, 다시 마음을 가다듬으며, 내일을 준비한다.

작은 공간, 작은 물건들, 작은 마음. 그것들이 모여, 나를 단단히 지탱해 주고 있었다. 그리고 나는 오늘도 감사한다. 이 소박한 공간이, 소리 없이 나를 위로해 주고 있다는 사실에.

여기, 지금, 우리가 머무는 곳

정선경

행복은 결국 만족에서 비롯된다고 한다. 얼마 전 행복의 조건에 관한 인문학 강의 영상을 보며 행복이 무엇인지 다시 한번 생각해 보았다. 우리에게 행복을 느끼게 해 주는 것은 어떠한 물건이 될 수도 있고 사람이 될 수도 있으며 공간이 될 수도 있다. 나를 만족시키고 행복을 주는 공간에는 무엇이 있을까? 이 질문을 곰곰이 되새기다 떠오른 곳이 있다. 그것은 바로 나의 일상에서 빠지지 않고 함께하는 공간, '차 안'이다. 단순히 물리적 공간을 의미하는 것이 아니라 그곳에서 보내는 시간이 나에게 만족과 행복을 준다.

거주지와 다소 떨어진 곳에 직장이 있기도 하고 업무상 타 지역을 방문하는 일이 잦아 운전은 나에게 일종의 일상적인 생활이자 중요한 시간이 되기도 한다. 주변에서는 운전이 힘들지 않냐고 걱정스럽게 묻기도 한다. 물론 피곤하거나 늦은 시간에 운전해야 할 때는 부담스럽기도 하지만 그 시간조차도 나만의 소중한 시간이 되어 준다.

아침에 집을 나서며 시작되는 운전은 단순히 목적지로 향하는 시간이 아니다. 그 시간은 오롯이 나만의 시간이자 나를 위한 소중한 시간이 된다. 차 안에서 보내는 그 시간들이 하루의 시작을 준비하는 나만의 공간이기도 하다. 길 위에서 만나는 차창 밖 세상은 빠르게 돌아가는 일상의 분주함에서 잠시 벗어나 한 편의 그림을 보는 듯한 감상을 불러일으킨다. 차창을 통해 바라보는 풍경은 늘 달라서 그 순간에 따라 다른 특별한 감정을 느끼게 해 준다. 한적한 시골길을 지날 때면 고요한 자연의 아름다움을 보며 편안함을 느끼고, 도시의 분주함 속에서는 서로 다른 목적지를 향해 가고 있는 사람들과 차들의 모습 속에 우리네의 평범하지만 정감 있는 삶을 돌아보게 된다.

차창 밖으로 보이는 하늘을 올려다보며 그날의 감성에 빠져들기도 한다. 맑고 청량한 하늘을 마주할 때면 그날은 무언가 좋은 일이 일어날 것만 같은 설렘으로 하루를 시작하기도 하고, 잿빛 구름이 드리워진 하늘을 올려다보거나 흐드러지게 떨어지는 빗방울이 창을 두드리는 흐린 날에는 그 속에서 느껴지는 고요한 감정에 머물며 차분한 하루를 시작하기도 한다. 그날 내가 차 안에서 마주하는 하늘은 하루를 어떻게 보낼지 알려 주는 작은 신호 같아 특별하게 느껴진다.

창밖으로 지나는 풍경이나 하늘과 어우러져 들려오는 음악은 나에게 또 다른 즐거움과 행복을 전해 준다. 유튜브에서 그날의 분위기에 어울리는 플레이리스트를 선택하고 흘러나오는 음악을 들으면 마치 그 시간이 더 특별하게 느껴지는 것 같다. 햇살 가득한 맑은 날에는 밝고 경쾌한 음악과 때로는 강렬한 리듬의 음악이 나에게 긍정 에너지를 전해 주고, 비가 오는 날에는 잔잔하고 차분한 음악이 나의 마음을 촉촉하게 적셔주며 단조로울 수 있는 일상을 풍요롭게 채워준다.

운전하며 듣는 오디오북이나 강의는 고독함을 달래 주고 지루하게 느껴지던 순간을 의미 있는 시간으로 바꾸어 주기도 한다. 동료 원장님의 추천으로 처음 듣게 된 조정래의 『한강』을 시작으로 오디오북의 매력을 알게 되었다. 종이책을 읽는 것과는 또 다른 차원의 몰입을 경험하며 운전 중에도 이야기에 깊이 빠져들 수 있다는 사실이 새롭게 느껴졌다. 장편의 이 소설을 들으며 내가 몰랐던 우리들의 부모가 겪어야 했던 격동의 시기와 그로 인해 겪은 고통을 실감하였고, 이야기 속 흐름에 따라 인물들과 함께 눈시울을 붉히기도 하고 웃기도 하였다. 이렇게 운전하며 듣는 오디오북이 주는 경험은 단순히 이동하는 시간의 가치를 넘어 내 마음과 사고의 깊이를 더해 주는 특별한 시간이 된다.

차 안은 나만의 작은 카페이자 작은 도서관이 되어 사색의 공간이 되기도 하며 하루를 준비하는 특별한 공간이 되기도 한다. 일상에서 마주하는 다양한 일들과 고민을 되짚으며 나만의 속도로 생각을 정리하고 더 나은 하루를 보낼 수 있도록 준비한다. 어찌 보면 특별할 것 없는 차 안이라는 평범한 이 작은 공간이 내게는 가장 소중하고 필요한 시간을 선사해 준다. 결국, 행복이란 단순히 어떤 대단한 성취나 특별한 경험에서 오는 것이 아니라 일상에서 느끼는 소소한 만족과 즐거움에서 비롯된다는 것을 나만의 특별한 공간, 차 안에서 깨닫게 되었다.

이처럼 나만의 공간인 차 안이 내 삶의 균형을 잡아 주는 쉼표라면, 또 다른 행복을 전해 주는 공간이 있다. 바로 책나무라는 공간이다. 이곳은 아이들에게 독서와 글쓰기를 지도하는 곳으로 남편의 권유로 시작하게 되었다. 첫 방문 때의 인상은 아직도 생생하게 기억에 남아 있다. 도서관처럼 책으로 둘러싸인 공간에서 아이들이 자기주도적으로 책을 읽고 생각하며 글을 써 나가는 모습은 내가 그동안 가장 바라고 꿈꿔왔던 이상적인 모습이었다.

그렇게 시작하게 된 책나무는 이제 내 삶의 가장 큰 일부가 되었다. 독서를 통해 아이들의 성장을 이끌어 내는 이 공간은 나 또한 성장하게 하고, 일상의 감동과 보람을 선사해 준다. 책을 싫어해 엉덩이를 들썩이던 아이가 수업을 진행할수록 눈빛과 태도가 진지해지는 모습, 수업이 끝났음에도 재미있는 책을 들고선 자리를 뜨지 못하는 아이들의 모습, 한 줄도 쓰기 힘들어했던 아이가 어느덧 한편의 글도 거뜬히 써 내려가는 모습 등 다양하게 변화하는 아이들의 모습을 보며 나는 깊은 만족감을 느낀다.

화분에 씨앗을 심어 푸른 새싹이 돋고 각자의 속도대로 쑥쑥 자라 어느 날 예쁘게 핀 꽃봉오리를 우연히 발견했을 때 느끼는 행복처럼 이곳에서 만나는 아이들이 각자의 속도대로 성장하며 보여 주는 변화들은 나에게도 큰 의미를 주며 내가 이곳에서 하는 일이 얼마나 소중한지 깨닫게 해 준다. 그런 의미에서 책나무는 나의 삶에 주어진 값진 선물이자 행복을 채워 주는 공간이다.

　우리의 삶은 공간을 벗어나 존재할 수 없다. 우리가 놓여 있는 공간 안에서 다양한 감정을 느끼고 사색을 하기도 하며 누군가와 관계를 맺기도 한다. 공간은 단순히 물리적 장소의 의미를 넘어 그 공간 안에서 겪는 경험들이 우리의 삶에 깊은 영향을 미친다. 즉 내가 일상을 함께하는 차 안이나 책나무라는 공간 자체가 우리에게 행복을 주는 요소가 되기보다는 그 평범한 공간 안에서의 경험이 나에게 만족과 행복을 선사하며 특별한 의미를 갖는다. 결국 행복을 결정짓는 건 공간 자체가 아니라 그 공간에서 우리가 어떻게 느끼고 어떻게 시간을 보내느냐에 달려 있다는 것을 깨닫게 된다. 행복이란 거창하고 대단한 것이 아니다. 특별한 장소에서만 느껴지는 것도 아니다. 일상의 평범한 공간도 시선을 멈추어 감각을 기울이면 소중한 행복의 공간이 될 수 있다. 그러니 오늘 우리가 머무는 이곳에서 충분히 행복할 수 있다는 믿음을 가져도 좋지 않을까.

3장

나를
행복하게 하는

사람

사람들의 온기를 느끼며

권영순

달은 태양이 있어야만 모습을 드러낼 수 있다. 보름달을 빛나게 해 주는 건 어딘가에 있을 태양 때문이다. 초승달이든 보름달이든 빛을 받은 달은 그 모습 자체로 빛이 난다. 헬렌 켈러를 빛나게 해 준 설리번 선생님처럼 우리 주변에는 본받고 싶은 사람들이 많다. 부모, 친구, 스승. 어떤 때는 나와 아무 상관없는 사람들 속에서도 배우고 느낄 수 있다.

나에게는 멘토였던 분이 계신다. 사회생활을 처음 시작하던 때 나의 사수였다. 일은 어떻게 해야 하는지, 사람들은 어떻게 대해야 하는지, 아이들은 어떻게 키워야 하는지, 많은 가르침을 주신 분이다. 물론 그분의 가르침을 반도 실천하지 못하고 흉내 정도 내며 살았지만, 그분의 가르침 덕으로 이만큼 성장할 수 있었다.

지금은 만날 수 없지만, 가끔 회상할 수 있는 사람이 있다는 건 너무도 큰 힘이 된다. 항상 "괜찮다. 잘했다. 다시 하면 된다."는 말로 나에게 힘을 주셨던 분. 많은 흔들림 속에 등대 같았던 분. 나를 성장할 수 있게 해 주신 분. 가슴 한켠에 항상 감사한 마음을 가진다.

예전에는 앞만 보고 달리며 내가 빛나기 위해 노력했다. 더 많은 실적을 내려 했고, 주위를 살피는 일에 서툴렀다. 그때는 쉽게 지치고, 때때로 나를 쓰러지게도 했다. 혼자 빛나는 것보다는 함께 빛날 때 더 큰 빛이 된다는 것을 나중에야 깨달았다.

그래서 나도 언젠가는 누군가를 빛나게 할 수 있는 삶을 살고 싶다.

나는 사방이 책들로 둘러싸여 있고 해맑은 눈빛을 가진 아이들이 모이는 곳에서 일을 한다.

수십 가지 색깔을 내는 아이들과 매일 만나 그 아이들의 생각을 존중하고, 사고할 수 있게 해 준다. 끝없이 배우고 자신에게 적용하며 성장하는 아이들을 볼 때 나는 일에 대한 보람을 느낀다. 책과 함께 성장한 아이들이 빛나길 바라며 아이들의 손을 맞잡고 눈을 맞추며 이야기할 수 있는 직업이 얼마나 될까. 세상 무엇과도 바꿀 수 없는 소중한 시간 안에 내가 있다.

하지만 일을 할 때는 긴장의 연속이다. 반짝이는 한마디라도 놓치지 않기 위해 온 촉각을 나와 마주 앉은 아이에게 쏟는다. 어깨가 묵직해질 정도의 긴장감이 지나고 나면 매일 매일 안도의 숨을 토해 낸다. 그 아이들의 시간이 헛되지 않았기를 바라며. 언제가 빛날 그 아이를 응원한다.

논어에 '세 사람이 길을 같이 걸어가면 반드시 내 스승이 있다. 좋은 것은 본받고 나쁜 것은 살펴 스스로 고쳐야 한다.'라는 말처럼 어린아이들에게서도 배우고 느낄 때가 많다. 그렇게 매번 나를 성장시켜 주는 아이들이 있다.

초등학교 3학년인 민우는 아직 읽고 쓰기가 서툴다. 그래서 매일 민우가 좋아하는 간식을 챙겨주며 나에게 편지를 써 오게 했다. 처음에는 한 줄 정도의 안부 인사나 읽은 책을 몇 글자로 적어 오는 것이 전부였지만, 몇 달이 지난 지금은 주말을 지낸 이야기를 꽤 길고 구체적으로 적어 온다. 얼마나 기쁘고 대견한지 이젠 매일 매일 그 시간이 기대된다. 항상 적어 오는 끝인사로 "사랑해요"라든가 "감사합니다"라는 인사말이 처음에는 편지글의 한 형식처럼 느껴졌지만, 어느 날 문득 매일 나에게 긍정의 인사를 하는 아이가 너무도 감사하게 느껴졌다. '오늘은 어떤 이야기를 적어 올까?' 매일 작은 기대감을 품게 한다. 처음에는 민우의 글쓰기 실력을 올려줄 목적으로 시작한 일이지만 이제는 나의 하루를 보상받는 기분이 들었다. 처음 학원을 보내던 민우 부모님의 걱정 어린 표정이 아직도 생생히 기억난다. 민우 부모님과 민우에게 작은 도움이라도 주고 싶었다.

매일 매일 아이의 이야기에 귀를 기울이고 칭찬과 격려를 아끼지 않았다. 그렇게 쌓이는 편지만큼 민우의 글쓰기 실력이 향상되기 시작했다. 너무도 기뻤다. 이렇게 나와 함께 성장하는 아이가 얼마나 감사한지 모른다. 포기보다 끈기를 가진 나를 칭찬하며 서로를 응원해 주고 성장할 수 있게 하는 사람들이 나에게 행복을 전해 준다.

사춘기를 심하게 겪던 주원이는 학원을 오는 날보다 빠지는 날이 많은 아이였다. 부모님의 설득에도 좀처럼 마음을 열지 않는다며 지푸라기라도 잡는 심정으로 주원이 어머님은 나에게 패널티라도 줘서 주원이 마음을 잡아 달라고 부탁했다. 난감했다. 일단 아이를 봐야 협박이든 설득이든 할 텐데 아이는 학교 이외에는 어디도 가지 않고 친구들하고만 어울렸다.

그러던 어느 날 주원이가 학원 문을 열고 들어왔다. 얼마나 반가웠던지 와락 아이를 안고 잘 왔어. 오랜만이네. 자주 보면 좋겠다며 꽤 오랜 시간 이야기를 나눴다. 주원이는 여기저기서 많이 혼이 나고 있었다. 그런데 내가 갑자기 안아 줘서 놀랐다고 했다. 아이의 마음이 보이기 시작했다. 주원이는 자신의 마음을 인정받길 바랐다. 놀고 싶은 마음도, 공부보다 친구가 좋은 마음도, 모두 이해하니 한 가지 약속만 지켜 달라고 부탁했다. 일주일에 두 번만 안부 인사를 하러 오라고 했다. 그러면 아이가 좋아하는 것을 한 가지씩 해 주겠다고. 패널티가 아닌 아이에게 보상과 아이의 마음을 헤아렸다. 주원이는 매주 두 번씩 와 본인의 이야기나 책을 읽은 이야기들을 들려주고 있다. 혼란스러운 마음이 차분해질 수 있을 때까지 주원이의 이야기에 귀 기울여 주고 싶다. 언젠가는 빛나는 보석처럼 자라길 바라며….

주변에 내가 도움을 줄 수 있는 사람이 있는지(나의 도움이 필요한 사람이 있는지) 나의 이야기에 귀 기울여 주는 사람이 있는지 살펴보며 함께 성장할 수 있으면 그보다 더 행복한 일은 없을 것이다.

함께하는 밥 한 끼와
SNS 공감

김진영

"가족도 나에게 행복을 주고, 오랜 친구도 행복을 준다. 하지만 그들과 함께 밥을 먹고, SNS를 공유하며 소소한 일상에 공감할 때, 나는 어느새 더 크게 웃고 있다."

누군가에게 행복을 주는 사람이라 하면 보통 가족이나 친구를 떠올린다. 너무나 당연한 일이다. 하지만 나는 그보다도 조금 더 특별한 존재들을 이야기하고 싶다. 가까우면서도 선을 지키고, 부담 없이 위로를 주는 사람들, 꼭 깊은 관계가 아니어도 하루하루의 작은 순간을 함께 나누며 나를 웃게 해 주는 사람들 말이다.

사람마다 행복을 느끼는 순간은 다르지만 MBTI 성향에 따라 특별히 더 의미 있게 다가오는 순간이 분명 존재한다. 나는 외향형(E) 성향을 지닌 사람으로서 사람들과 함께하는 시간이 내게 큰 에너지를 준다. 그중에서도 '같이 밥을 먹는 시간'은 내게 중요한 행복 요소이다.

혼밥(혼자 밥먹기)은 마치 번지점프를 하는 것처럼 어렵게 느껴진다. 그렇기에 "우리 함께 밥 먹을래?" 하는 따뜻한 제안을 받을 때 행복을 느낀다. 음식은 단순한 끼니가 아니라, 누군가와 마음을 나누고 무언가를 채워 가는 시간이 되기 때문이다. 특히 감정이 풍부하고 타인의 감정을 잘 이해하는 F(감정형)들과 함께할 때, 식사 시간은 배 채우기가 아니라 깊은 교감의 시간이 된다. 서로의 이야기를 공감하며 나누는 순간, 나는 더욱 행복을 느낀다. 따뜻한 밥 냄새와 웃음소리가 함께하는 식사는 마음의 온도를 높여준다. 반면, T(사고형) 유형의 사람들과의 식사는 논리적인 대화를 나누며 새로운 시각을 배우는 시간이 되기도 한다. 새로운 사건을 분석하고 가벼운 토론을 벌이기도 한다. 그렇게 식사 시간은 단순한 끼니가 아니라 밥 한 끼를 사이에 두고 생각을 나누고 서로를 더 깊이 이해하는 다리가 되어 준다.

나는 2녀 1남 중 장녀이다. 세 자녀를 키우기 위해 늘 고군분투하신 부모님은 늦게까지 일하시는 날이 많았다. 자연히 가족이 함께 모여 식사하는 시간이 더욱 귀중했다. 깔끔하고 부지런한 엄마는 바쁜 와중에도 김치며 국이며 반찬이며 일용할 양식들을 늘 냉장고에 준비해 주셨다. 그 옆엔 다정한 아빠가 배며 사과며 수박이며 늘 한가득 깎아 담아 놓은 양푼이가 함께 있었다. 덕분에 어린 삼 남매는 쉴 틈 없이 조잘거리며 늘 함께 맛있는 밥과

과일 디저트를 먹을 수 있었다. "식구"인 순간이다. "함께 밥을 먹는다"라는 뜻의 식구. 그 안에서 행복감과 만족감, 안정감을 얻은 기억이 어른이 된 지금도 함께 밥을 먹는 것에 큰 의미를 두게 한다. 같이 식사한다는 것은 곧 함께하는 사람들이란 뜻이다. 그런 순간들이 따뜻한 기억으로 남아, 지금도 누군가와 함께 식사하며 대화를 나누는 것을 소중히 여긴다. 식탁에 앉아 함께 음식을 나누는 순간, 우리는 서로의 이야기에 귀 기울이고 공감하며 연결된다. 행복은 멀리 있는 것이 아니다. 함께 밥을 먹는 것만으로도 우리는 충분히 따뜻해질 수 있다.

다양한 사회적 갈등 속에서 오늘날 가장 중요하게 여겨지는 가치는 '공감과 소통'이다. 지역별, 세대별, 성별 등 공감과 소통의 부재로 많은 사회적 갈등이 야기되는 요즘, SNS는 이러한 단절을 해소하는 역할을 한다. 유익함과 유해함에 대해 갑론을박 중인 SNS에 모든 세대가 열광하는 것도 '공감과 소통'의 맥락이라고 볼 수 있다. 온라인상에서 이용자들이 인적 네트워크를 형성할 수 있게 해 주는 서비스 즉 SNS는 인터넷을 기반으로 사용자들이 온라인 상으로 정보를 공유하거나 서로 소통할 수 있는 플랫폼이다. 그 플랫폼 안에서 서로의 일상을 공유하고, 공감을 표현하는 하트나 댓글 하나만으로도 우리는 따뜻함을 느낀다.

특히, 인스타그램은 사진과 짧은 글을 통해 감정을 쉽게 전달할 수 있어 많은 사람들에게 사랑받고 있다. 얼마 전 흐름에 발맞추어 인스타를 시작했다. 해 보니 생각보다 간단했다. 누군가 내 게시물에 하트를 눌러주거나 댓글을 남길 때, 마치 내 이야기에 공감해 주는 것 같아 기분이 좋아진다. 일상을 나누고, 소소한 행복을 공유하는 과정에서 우리는 서로 연결되어 있다는 안도감을 얻고 나에게 적잖은 행복을 주더라. 예전에는 카카오스토리가 이런 역할을 했다. 지금은 싸이월드처럼 추억으로 남겨졌지만, 처음 스마트폰을 사용하고 카톡이 시작되던 그즈음 카카오스토리는 육아하는 엄마들 사이에서 폭발적 인기를 얻었다. 나만 집에서 기저귀를 갈고 젖병을 소독하고 있는 게 아니구나, 나만 육아에 지쳐 잠드는 것이 아니구나 싶어 위로를 받기도 했다. 저 친구네 아이는 벌써 어린이집에 다니는구나, 둘째가 태어났구나, 캠핑을 갔구나, 평소 연락하지 못한 친구들의 사는 모습을 함께 들여다보며 얘기 나누는 재미가 쏠쏠했다. 지금은 인스타그램이 그 자릴 대신한다. 릴스, 스토리, 라이브 방송을 통해 더 빠르고 생생하게 사람들의 일상을 엿볼 수 있다. 친구들의 행복한 순간을 함께 공유하고, 서로의 감정에 공감할 때 우리는 더욱 가까워진다. 설령 직접 만나지는 못해도, 온라인에서 주고받는 따뜻한 한마디가 큰 위로가 될 수 있다. 결국, 공감이란 서로의 감정을 나누고, 이해하고, 함께하는 과정에서 만들어지는 것이다. 그리고 이러한 공감이 쌓일 때 우리는 더 큰 행복을 느낀다. SNS는 단순한 소통의 도구를 넘어, 우리에게 소소한 행복을 선물하고 있다.

나를 행복하게 하는 사람은 단순히 함께 밥을 먹거나, 인스타에 하트만

눌러 주는 행위 자체에 있는 것이 아니다. 진짜 행복은 함께 밥을 먹는 동안 진심 어린 대화를 나누고, 서로의 소소한 일상과 감정을 공감하며 마음을 나누는 순간에 깃들어 있다. 찬물에 말은 밥에 대충 신김치 한 조각을 올려 먹어도 함께 나누는 대화만으로 식사 시간이 즐거운 사람이 있는가? 포토존 따위 무시하고 똥손으로 찍은 사진에도 마음을 담아 공감 하트를 눌러 주는 사람이 있는가? 함께 웃고 대화하며 진심을 담아 '좋아한다'고, '응원한다'고, '괜찮다'고 말해 주는 마음이 있을 때 우리는 비로소 따뜻함을 느낀다. 따뜻한 온기를 주는 그들과 함께할 때 나는 가장 나답고 행복한 순간을 맞이한다. 오늘, 소중한 사람에게 먼저 말을 건네보자.

"우리 같이 밥 먹을래?"

내 마음의 주인은 바로 나

박해영

당신은 누구와 있을 때 가장 행복한가? 가족, 친구, 동호회 사람들? 나도 함께 있으면 즐겁고 행복한 사람이 있다. 하지만 오롯이 100%는 아니다. 나 자신이 아닌 이상 시시때때로 상대방의 기분이나 감정을 살펴야 한다. 내가 어떤 사람인지 제일 잘 아는 사람은 바로 나 자신이다. 그러니 내가 언제 행복한지 제일 잘 아는 사람도 '나'다. 그렇기에 나를 행복하게 할 수 있는 건 다른 어느 누구도 아닌 바로 나 자신이다. 내가 나의 행복을 위해 노력해야 하는 이유이다.

나는 겉보기에 차분하고 내성적이며 소심해 보인다. 차분하고 얌전해서 있는 듯 없는 듯 별 존재감 없는 사람. 예전엔 나도 스스로를 그렇게 생각했다. 그런데 살아온 시간을 되돌아보면 나의 삶은 도전의 연속이었고 그 도전 속에서 나는 행복을 찾았다. 소극적이고 에너지가 없어 보이지만 나는 하고 싶은 일은 하는 사람이다.

고등학교를 졸업하면서 시집을 냈다. 중학교 때부터 시를 좋아했다. 많이 읽다 보니 쓰게 되었고 그러다 보니 시집까지 내게 되었다. 그때는 출판사마다 재능 있는 아마추어 시인을 발굴해 내는 것이 유행처럼 번졌었다. 모아놓은 시가 많았던 나는 무턱대고 출판사에 투고를 했고 시집을 내게 되었다. 아무도 방법과 길을 가르쳐주지 않았지만 스스로 길을 찾았고 그 과정이 뿌듯했다. 그 시집을 보며 한동안 행복했고 살아 있음을 느낄 수 있었다.

나는 내가 언제 행복을 느끼는지 잘 안다. 그게 중요하다, 자기 자신을 아는 일. 나는 현실에 안주하기보다 배우고 도전하고 성취하면서 행복을 느낀다. 어렵고 힘든 일을 이루고 이겨 내는 과정에서 나의 존재감을 확인하는 것이다. 그런 내가 결혼을 하고 육아 때문에 회사까지 그만뒀을 때는 정말 우울증이 올 것 같았다. 아이가 6개월도 안 돼 일이 하고 싶어졌다. 그래서 최대한 짧은 시간만 할 수 있는 일을 찾다가 오후에만 해도 되는 공부방을 시작했다. 아이들 가르치는 일은 적성에도 맞고 재미있었다. 그런데 몇 년 하다 보니 초등학생뿐만 아니라 역량을 좀 더 키워서 중학생 수업까지 하고 싶었다. 중등 수업을 하려면 수학이든 국어든 한 과목을 정해야 했다.

전공이 국어라 한우리 독서지도사 자격증을 따기 위해 공부를 시작했다. 그때는 한우리 자격증을 따려면 오프라인으로 6개월 동안 현장 수업을 들어야 했다. 수업을 듣고 자격증 준비를 하면서 많은 것을 배웠다. 한우리 수업을 하면서 아이들 책이지만 책을 통해 미처 알지 못했던 많은 배경지식을 갖게 되었다. 하지만 아이들 글쓰기를 지도하면서 조금 두려운 마음이 들었다. 물론 국어국문과를 나왔고 책과 글쓰기를 좋아하지만 아이들을 지도하는 건 신중해야 하는 일이다.

아이들에게 도움이 되게 제대로 가르치고 있는지 의문이 들면서 좀 더 전문적으로 글쓰기 공부를 해야겠다는 생각에 문예창작과에 편입을 했다. 문예창작과에서 시, 소설, 동화 작법을 배웠다. 실기 위주로 직접 시, 소설, 동화를 써 보는 작업이 좋았다. 소설 작법을 배우고 소설 과제를 하면서 소설을 쓰고 싶다는 생각이 들었다. 문창과를 졸업하고 소설 쓰기를 가르치는 지역 소설가님을 찾아가 소설을 배우기 시작했다. 어렵지만 재미있었고, 많은 소설들을 찾아 읽었다. 어설픈 작품이지만 두어 편의 소설도 썼다. 자격증을 따고 강의를 듣고 소설을 쓰고, 무언가를 배우면서 나의 세계가 확장되는 쾌감은 행복하다는 말로도 표현할 수 없을 만큼 좋았다.

계속 소설 수업을 듣고 싶었지만 학원을 오픈하게 되면서 너무 바빠졌다. 그렇다고 수업만 하고 배움을 게을리할 내가 아니다. 독서 논술 수업을 하려면 동화책을 많이 읽어야 한다. 소설을 쓸 때 소설책을 많이 찾아 읽은 걸 생각하며 어차피 동화책을 읽어야 되면 동화 쓰기를 배워보면 어떨까 하는 생각이 들었다. 그래서 동화 쓰기 수업을 해 주시는 작가님을 찾아 동화를 배우기 시작했다. 동화는 지금까지 내가 배웠던 시나 소설보다 더 어려운 것 같다. 아이들 눈높이에 맞는 어휘와 문장으로 글을 써야 하고 무엇보다 동심이 필요하다. 아이의 마음을 가지고 아이들 눈높이에 맞는 글을 쓰는 게 어렵다. 동화 쓰기는 아직도 꾸준히 배우고 있고 2년 동안 두 편의 동화를 썼다. 겨우 원고지 30매 분량의 글을 쓰는데 2년이라니, 소설을 쓸 때보다 더 오래 걸린 것 같다. 어렵고 쉽지 않은 작업이지만 새로운 일을 배우고 도전하는 것이 즐겁고 행복했다.

나이가 50이 넘으면서 이제 새로운 도전은 없을 줄 알았다. 그런데 내가 살던 대구를 떠나 타 지역에서 학원을 오픈하게 되었다. 새로운 일을 찾아 아무런 연고도 없는 낯선 도시에 홀로 섰다. 어떤 사람은 그 나이에 무슨 도전이냐며 돈독이 올랐다며 비난을 했고, 또 어떤 사람은 새로운 도전에 응원을 보냈다. 익숙한 일상을 버리고 새로운 일을 찾아 낯선 곳에 오는 일은 나에게도 쉽지 않았다. 하지만 마지막 도전이고 내가 선택할 수 있는 마지막 기회라고 생각했다. 아무런 인지도도 없는 곳에서 '0'에서부터 시작해 그동안 쌓은 노하우로 새로운 성공을 이룰 수 있을지 스스로의 능력을 시험해 보고 싶었다. 다시 존재감과 성취감, 행복을 느껴보고 싶었다.

나는 새로운 것을 배우고 도전할 때 행복한 사람이다. 나에게는 아직도 도전하고 싶은 일들이 많다. 나를 제일 잘 아는 사람은 나다. 어떻게 하면 내가 행복할지 생각해 보고 다른 사람에게 나의 행복을 기대기보다는 나 스스로 나의 행복을 만들어 가자.

오늘의 나로
존재하게 하는 사람들

변상진

쌀쌀한 일요일, 휴일이다. 하지만 안타깝게도 난 반강제적으로 차출되어 마라톤 응원을 나오게 되었다. 몸담고 있는 곳이 공공기관이다 보니 가끔 우리 도시의 공적인 행사에 직원이 참여해야 하는데, 운 나쁘게도 이번 마라톤 행사에 우리 팀이 가게 되었다. 운이 참 없는 제비뽑기였다. 원치 않는 일정이라 불만 가득, 발은 왜 이렇게 시리고 바람은 또 왜 이렇게 불어대는 것인가. 한창 응원으로 정신없을 때 조용히 빠져나갈 궁리만 하고 있었다.

응원 준비를 마치고 30여 분이 지났을 무렵 선두그룹의 선수들이 보이며 드디어 응원이 시작되었다. 응원 봉을 흔들며 '힘내라', '파이팅' 등등의 응원의 말을 하는 와중에도 칼바람은 너무 싫었다. 여럿, 선수들이 지나가고 있을 무렵 어디선가 큰 소리로 '감사합니다', '파이팅' 소리가 들려왔다.

누구지? 다름 아닌 지금 마라톤을 뛰고 있는 선수였다. 도대체 누가 누구를 응원하는 것인가? 나는 춥다고, 휴일에 억지로 나왔다고 불평만 하고 있었는데 이런 나에게 '파이팅'이라니, 그런데 이런 선수가 한두 명이 아니었다. 반복된 응원으로 지쳐갈 때쯤, 또 다른 선수가 누구에게 외치는지 모를 '파이팅' 소리, 그들은 진짜 누구에게 파이팅을 외치는 것일까? 15km를 달려온 선수 본인에게? 아니면 추운 길거리에 서서 의무적인 파이팅을 외치고 있는 나에게? 잠시 미안한 마음이 들었다. 사실, 추운 날씨임에도 불구하고 마라톤에 참가한 것은 본인의 의지일 것이고, 응원을 나온 나는 타의에 의한 것이니 엄연히 다르긴 하다. 그렇지만 미안한 마음이 들었다.

내가 응원하는 지점을 스쳐 지나가는 4만여 명이 넘는 선수들은 제각각의 개성이 있었다. 곧 하직할 듯한 표정의 마라토너, 15km 이상 달렸다고는 전혀 볼 수 없는 파이팅 넘치는 20대 청년, 뜬금없이 등장한 스파이더맨과 슈퍼마리오, 너무나도 진지한 표정의 초등학생, 흰머리 휘날리며 희미한 미소를 날려주시는 할아버지, 이미 포기한 듯 걸어오는 40대 아저씨, 최연소 참가자로 유모차를 타고 함께 달리는 아기, 으쌰~ 힘을 보태던 30대 여성, 몸매가 너무 멋진 50대 어머니, 그들은 모두 진지했고, 나는 미안했다. 그러다 나를 스쳐 가는 그들을 보며 지금까지 내가 만나고 함께했던 사람들이 문득 떠올랐다.

나와 인연이 닿았던 사람은 많았다. 불평등의 의미를 처음으로 깨닫게 해준 초등학교 선생님, 그래도 학창 시절을 소중하고 즐겁고 견딜만한 곳으로 만들어 준 친구들, 나에게 인생의 첫 쓴맛을 안겨준 남자, 사람에 대한 신뢰를 한순간에 부서지게 했던 사람, 나를 한계와 행복의 순간으로 끊임없이 오가게 만드는 소중한 아이들. 많은 사람을 만나고, 또 헤어졌다.

즐거운 기억과 만남은 쉬이 잊히지만, 가끔 맞닥뜨리게 되는 악연은 끊임없이 나를 괴롭히곤 한다. 세상과 신을 원망하며 스스로 생채기를 내기도 하고 잉여 인간으로 전락하기도 했으며 이 넓은 우주에 한낱 먼지도 되지 않는 존재라고 비약하기도 했다. 정말 더 이상 내어 줄 것도, 잃을 것도 없어 이제 바닥에 닿았구나 싶을 때도 있었다. 즐거움과 행복은 찰나의 시간이고 외로움과 고독의 시간은 끝이 없을 것만 같았다. 그럼에도 불구하고 시간은 흘러갔으며 그 시간은 성장의 흔적으로 남아 있다. 그들이 남겨 준 흔적들로 기다림을 알게 되었고, 행복과 소중함을 깨닫게 되었으며, 깊은 늪에서 빠져나올 수 있었다. 나(me)라는 존재에 대해 고민하는 시간으로 채울 수 있었다. 아이들을 키우며 같은 유전자의 조합으로도 다른 개성을 지닌 사람으로 태어날 수 있음을 깨달으며 타인에 대해 기다림과 너그러움, 인정과 감사, 낮은 선입견을 가진 사람으로 한 단계 도약할 수 있었다.

우리에게 주어진 시간은 유한하다. 끝날 것 같지 않던 어둠과 회색의 시간도 끝이 난다. 힘겹게 한발 한발 내딛는 저 마라토너도, 우리도, 고통과 인내의 시간이 지난 뒤에 찾아오는 행복과 여유를 알고 있지 않을까? 어둡고 눅눅한 이 긴 터널은 나를 힘들게 하고 끝이 없을 것만 같지만 그래도 끝이 있지 않을까? 그때 찾아오는 한줄기의 환희가 우리를 밝혀 주지 않을까? 누구에게나 주어진 인생의 터널 길이는 동일하다 생각한다. 개인에 따라 천천히 걷거나, 쉬었다 가기도 하고, 함께 하는 이들로 인해 슬픔과 행복을 맛보기도 하며, 샛길로 빠져 잠시 돌아갈 수도 있고, 뛰다 넘어져 회복의 시간이 필요한 것일 뿐이리라.

앞이 보이지 않는 막막함에 주저앉지 말고, 그래도 천천히 걸어가 보는 건 어떨까? 터널을 걸어가며 만나는 다양한 사람들이 주는 고통과 슬픔, 즐거움과 행복으로 나는 지혜를 얻고 깨달음으로 혜안을 가져 조금 더 빨리 뛰어갈 수도 있지 않을까?

소크라테스도 악처가 있어 존경받는 철학자가 되지 않았겠는가. 어둠만 안겨 주는 존재는 없다. 그들로 인해 나는 깨달음을 얻고 긴 터널을 빠져나올 수 있는 지혜를 얻을 수 있으며, 인간으로서의 한 단계 성장할 수 있다. 지금도 우리의 인생에 스쳐 지나가는 다양한 이들로 인해 눅눅한 긴 터널을 힘겹게 나아가는 나와 나의 동료들, 아이들에게 '아주 잘하고 있다.'라고 격려해 주고 싶다. 우리에게 힘듦을 안겨준 사람들로 인해 우리는 지금 이렇게 오늘을 살아갈 힘을 얻고 있다고 말이다. 아파 쓰러져도, 잠시 쉬었다 다시 출발해도 늦지 않으며 옆에 있는 친구나 동료, 가족의 부축을 받으며 천천히 걸어가도 괜찮다고 말이다. 그래도 격려해 주고 함께하는 사람이 있어 즐거움과 행복을 느끼고 있다고 말이다. 파이팅을 외치던 그 마라토너는 알고 있었을 것이다. 함께하는 사람들 때문에 완주할 수 있음을 말이다.

삶은 혼자서는 살아가지 못한다. 세차게 몰아치는 소용돌이 속 내 인생에 오늘도 새로운 인연이 나타나고 사라진다. 인연은 우연이 아닐 것이다. 어쩌면 세상에 태어나는 순간부터 나는 이런 사람을 만날 예정이었을 지도 모른다. 그들로 인해 내면의 나를 만나는 시간이 길어질수록 참 나를 깨닫고 한층 더 성장한 자아를 만날 것이다. 이는 남은 삶의 여정을 보다 행복의 시간으로 채울 수 있는 양분이 될 것이다.

나는 오늘도 그들 때문에 하찮은 일 하나로 속상했지만 웃어 버렸다.

함께라서 괜찮은 오늘

안여진

나를 행복하게 하는 사람은 누가 있을까? 그 질문은 마음속 깊은 울림을 준다. 우리, 함께, 당신과 나랑 옆에서 힘이 되어 주는 단어들이 나를 있게 한다. 행복이란 무엇일까? 누군가는 행복을 멀리 있는 것, 손에 닿지 않는 꿈처럼 이야기하지만, 나는 다르게 생각한다. 행복이라는 무대가 있다면, 그곳에서 나는 주인공이다. 조연도 관객도 아닌, 오직 나만의 이야기를 써 내려가는 주인공이다.

지금은 뭐든 즐겁게 생각하려 하는 긍정적인 나이지만 10년 전 과거의 나는 집 안이라는 작은 세상에 갇혀 있던 시간이 있었다. 육아와 일상에 치여 숨조차 제대로 쉬지 못했던 날들로 끝없이 반복되는 하루 속에서 나를 잃어 갔다. 아이의 기침 소리에 놀라 잠에서 깨던 밤들, 온 신경이 아이들에게 가 있어서 눈을 떼지 못해 식탁 위 밥 한 숟갈 제대로 뜨지 못하고 끝나버린 식사 시간. 그때의 나는 늘 '누군가를 위해' 살아가는 사람이었다. 행복은 내게서 멀어진 듯했다. 그 시간이 나를 약하게 한 건 아니다. 다만, '나를 위한 시간'을 잊게 했을 뿐이다. 내 안에 빛은 희미했다. 그러던 어느 날, 우연처럼 찾아온 평일 낮의 고요한 시간. 아이들은 유치원으로, 남편은 출근으로 집 안은 고요했다. 늘 아이들 먹이며 대충 먹던 밥이었다. 냉장고 문을 열었다. 저녁에 먹다 남은 반찬들, 예전 같았으면 대충 덜어 전자레인지에 돌리고 끝냈겠지만, 그날은 이상하게도 마음이 달랐다. 나는 반찬을 하나씩 꺼내며 작은 접시에 가지런히 담기 시작했다. 예쁜 접시에 가지런히 먹기 좋게 한입 크기로 반찬을 놓고, 작은 국그릇엔 국을 데워 담았다. 예쁜 유리컵엔 물을 채우고, 블루투스 스피커에 노래도 틀었다. 음악을 배경 삼아 나는 식탁에 조용히 앉았다. 누구에게 보이기 위한 것도, SNS에 올리기 위한 것도 아니었다. 단지, 나에게 대접하는 한 끼. 그 순간 나는 처음으로, '나 자신을 사랑한다'라는 감정이 어떤 것인지 알았다.

또 나를 행복하게 하는 사람은 지금 남편 포도 씨였다. 그가 나를 자연으로 이끌어 준 덕에 나는 다시 숨을 쉬었다. 봄엔 꽃이 흐트러지는 낙원으로 여름엔 시원한 섬으로 가을에는 캠핑, 겨울엔 설원으로 데려가 하얀 눈 속에 보드를 탔다. 그 속에서 '함께'라는 행복을 배웠다. 행복은 거창한 것이 아니었다. 캠핑 사이트를 검색하며 설레는 마음, 텐트를 치며 흘리는 땀, 그리고 그 안에서 나만의 공간을 만드는 작은 성취감. 설원을 보며 눈밭에 구르며 눈싸움하던 그런 추억들이 모여 나를 채웠다.

행복은 누군가가 가져다주는 선물이 아니다. 스스로 찾고, 스스로 키워야 비로소 나를 중심에 놓을 수 있다. 과거의 나는 남의 눈치를 보며, 인정받고 싶었고, 잘하려 애쓰느라 나를 잃었다. 20대엔 비교에 휘둘렸고, 30대엔 완벽함을 좇았다. 하지만 40대가 된 지금, 나는 안다. 내가 나를 괜찮다고 믿어야 진짜 괜찮다. 바쁜 일상에서도 하늘을 올려다보며 미소 짓고, 책 한 페이지를 넘기며 마음을 채우는 나. 이런 작은 선택들이 나를 단단하게 만든다. 누구의 인정이나 상황에 좌지우지되지 않고, 스스로 성취감을 느끼는 내가 행복을 키운다. 나는 조용히 나만의 빛을 내며 살고 싶다.

가족은 내 행복을 증폭하는 따뜻한 울타리다. 포도 씨는 나를 자연으로 이끌어 준 빛이었고, 아이들의 웃음은 나의 웃음이 되었다. 우리 집은 주말에만 온 가족이 모여 밥을 먹는다. 주말 다 같이 모여 앉아 밥 먹는 식탁에 공을 들인다. 평일엔 각자의 저녁 시간이 다르고 한 자리에 모이기 쉽지 않기 때문이다. 아이들이 훌쩍 커버려 중학생이 되니 주말여행 계획표가 이제는 아이들 계획표에 따라 움직여진다. 남편이 TV 보는 소리와 아이들의 재잘거림이 섞인 그 순간이 소중하다. 가족 드라마를 같이 보며 눈물을 흘리기도 한다. 주르륵 흐르는 눈물을 보여 주며 서로 마음이 통했다며 울다가 웃기도 한다. 가족이 나를 행복하게 하지만, 그 행복은 내가 먼저 열어야 비로소 완성된다.

긍정적인 마음은 행복을 지탱하는 발판이다. 누군가의 말과 칭찬이 내 기분이 좌지우지되지 않아야 한다. 결국엔 다른 누군가의 인정이 아닌 내가 스스로 느끼는 성취감으로 나아가는 게 우리를 더 나은 곳으로 데려가게 할 것이다. 긍정적인 생각 역시 연습이 필요하다. 주말에 온종일 침대에 늘어져 휴대전화만 쳐다보고 누워있으면, 나는 왜 이렇게 행복하지 않지? 불행한 생각이 밀물처럼 밀려들 것이다. 긍정적인 생각이 내 마음속에서 믿음으로 자리 잡고 있어야 힘들고 쓰러지더라도 일어설 수 있는 발판이 된다. 자기 삶에 대해서 '나 열심히 잘살고 있는가?' 주위 사람이 아닌 온전히 자신이 되돌아볼 필요가 있다. 가장 중요한 것은 내가 인생에서 중요시하고 살아가나이다. 바로 코 앞에서 관전하지 말고 한 발짝 뒤에서 전체를 관람하는 건 어떨까? 삶의 방향을 정하고 한 걸음씩 걸어가는 나는 더 이상 외부의 스트레스에 쉽게 흔들리지 않는다. 행복은 완성된 결과가 아니라, 매일 조금씩 쌓아가는 과정이다. 나를 믿고, 나를 위해 시간을 내는 연습이 내일을 더 밝게 만든다.

햇살을 즐기고, 꽃을 보며 웃고, 책에서 나를 찾고, 가족과 나를 챙기는 사람. 나를 아끼며, 소소한 기쁨으로 하루를 채우는 사람. 40대가 되니까 나를 위한 시간이 필요하다는 걸 안다. 아이들도 이제 더 이상 나의 손이 필요하지 않다. 먹거리를 챙기며, 감기 걸릴까 옷을 둘둘 감싸고 아이들에게 손이 많이 가던 내 손이 갈 길을 잃어 허무했던 시간이 있었다. 커피 한 잔, 공원 산책, 책 한 페이지 그걸로 나는 행복을 만든다. 나는 이런 사람으로, 나를 채우며 살고 싶다. 내가 단단해야 포도 씨의 손길도, 아이들의 웃음도 더 깊이 안을 수 있다. "너 괜찮아"라고 나에게 말해 주는 내가 필요하다. 행복이라는 주제에 내가 주인공이라면, 이 이야기는 끝없이 이어질 것이다. 세상은 나를 행복이라는 이름으로 때로는 어두운 날이 찾아올지도 모른다. 하지만 내가 중심이 되어 서고, 가족이란 이름으로 울타리를 치면 문제없다. 내가 나를 믿는 한, 이 무대의 조명은 꺼지지 않는다는 것을. 행복은 내가 쓰는 이야기이고, 나는 그 이야기의 가장 빛나는 주인공이다.

나는 딸이고 엄마입니다

윤혜원

누군가 내 머리카락을 움켜쥐고 잡아당긴다. 잠에서 조금씩 빠져나오는 기분이다. 달아나려던 잠을 다시 붙잡아 본다. "엄마!" 하고 부르는 소리에 잠은 우사인 볼트 급으로 저 멀리 달아난다. 동시에 벌떡 일어나 앉았다. 범인을 잡았다. 바로 귀여운 악동, 내 아들이다. 머리채를 잡아당기며 엄마를 깨운 데에는 이유가 있었다. 거실로 나가고 싶은데 엄마와 함께 나가고 싶었던 모양이다. 아침에 일어나서 혼자 거실에 나가 노는 아기 동영상을 어디선가 본 기억이 있다. 그건 남의 집 이야기다. 우리 집 이야기가 절대 될 수 없다. 나가자고 보채는 아이 손을 잡고 방문을 열자, 아이는 용수철처럼 튕겨 거실로 뛰어나간다. 아이들의 발바닥에는 용수철이 숨겨져 있는 게 분명하다. 최대한 조용히 방문을 닫고 돌아서는 순간, "엄마!" 병아리가 '삐약!' 하고 우는 듯한 목소리가 나를 찾는다. 닫았던 방문을 다시 열어젖혔다. "어어! 엄마 안 나가. 안 나가~"

결혼을 한 지 8년, 내 나이 마흔둘에 남매 쌍둥이를 품었다. 시험관 시술로. 무슨 자신감이었을까? 시술만 시작하면 바로 임신이 될 거라는 나의 오만함을 탓하기라도 하듯 3년이라는 시간이 흘러갔다. 3년은 긴 시간이다. 하지만 난자 채취 몇 번 만에 지나가 버리기도 한다.

나이가 나이인지라—결혼도 늦었는데 아이는 늦어도 너무 늦었다—친구들과의 자리에서 나의 2세 계획은 단골 이야기 소재였다. 친정어머니의 잔소리는 당연했다. 며느리 눈치 보느라 시어머니만 입에 올리지 못하고 속앓이를 하셨으리라. "아기 갖고 싶지 않아?" 누가 건넨 질문인지 기억은 나지 않는다. "생기면 감사히 낳고 아니면 말지 뭐." 지금에서야 고백한다. 마음에 없던 말을 내뱉었던걸. 아기를 간절히 원했다. 하지만 경제적 사정을 생각하다 보니 미루고 또 미루었다는 것도. 그런데 또 그 마음을 드러내고 싶지 않아 임신에 있어서 굉장히 무덤덤하게 반응했음을 고백한다. 친구가 모임에 아기를 데려오면 너무 사랑스러워서 아기와 놀아 주느라 정작 나는 친구들의 대화에 끼이지 못했다. 또 고물거리는 아기를 안고 분유를 먹이는 친구가 얼마나 부러웠는지 모른다. 마흔을 바라보던 서른아홉 살 가을, 남편에게 말했다. "병원 가자."

임신 기간 동안 크고 작은 이벤트를 겪었다. 시험관 시술에는 다양한 부작용이 있다. 그중 난소가 비정상적으로 부어 꼬이게 되는 난소 염전. 임신 3개월, 살면서 단 한 번도 느껴보지 못한 복통으로 응급실을 찾아간 나는 난소가 꼬였단 진단을 받고 응급 수술을 했다. 의사는 전신마취를 태아가 견뎌 낼 수 있을까를 염려하였다. 그래서인지 수술 전, 태아가 잘못될 수도 있다는 설명을 듣고 수술동의서에 사인을 했다. 마취에서 깨어나 의사에게 처음 한 질문은 역시 태아 상태였다. 하루를 더 지나야 초음파로 확인이 가능하다는 대답을 들었다. 나의 걱정을 느꼈던 걸까. 다음 날 어두운 초음파실에 울려 퍼진 심장박동 소리는 '엄마 걱정하지 마. 우린 강해!'라고 말하는 듯 우렁찼다. 임신과 동시에 새로운 일도 시작했다. 신경 써야 할 것이 한둘이 아니었다. 모두가 나를 걱정했다. 늦은 나이에 그것도 단태아도 아닌 다태아. 거기에 새로 시작하는 일까지. 하지만 전혀 걱정이 되지 않았다. 생명을 품고 있는 내가 마치 원더우먼이라도 된 것 같았다. 다 잘 해낼 수 있을 것 같은 용기가 생겼다. 아직 세상의 빛도 보지 못한 작은 생명이 긍정의 에너지를 모두 모아 나에게 쏘아 주는 듯했다. 이전과는 다른 세상에 살고 있는 느낌마저 들었다. 매일 기쁨이었고 감사였다. "행복해."라는 말을 입에 달고 살았다. 나의 꼬물이들은 작은 점이던 순간부터 존재만으로 행복을 주었다.

아이는 조건 없는 사랑을 준다. 부모가 달콤한 사탕을 주어서 사랑하는 게 아니다. '엄마 아빠가 나를 예뻐해 주니까 나도 사랑해야지.'도 아니다. 자신이 갖고 싶은 물건이 있으니 잘 보이기 위해 사랑하는 것도 아니다. 아이는 부모가 어떤 모습이건 따지지 않는다. 부모가 나에게 화를 내고 꾸짖는 순간에도 아이는 부모를 사랑한다. 아이가 보여 주는 사랑은 그래서 순수하다. 맑은 샘물 같은 깨끗한 사랑이 나를 행복하게 만든다. 부모라면 굳이 긴 말로 설명하지 않아도 안다. 자식은 특별한 행동을 해서가 아니라 그저 존재만으로도 기쁨을 주고 사랑을 준다는 것을. 내가 이 기쁨을, 사랑을, 행복을 알 수 있음에 그저 감사하다.

엄마가 되고 나를 더 가꾸게 되었다. 외모가 아닌 마음을. 매일 마음을 들여다보고 잡초를 뽑고 거름을 주고 물을 주며 마음의 꽃밭을 가꾸고 있다. 하루라도 게으름을 피우면 금세 잡초가 자란다. 부지런히 마음의 정원을 가꾸는 데는 그만한 이유가 있다. 내가 세상의 중심인 두 아이에게 '좋은' 엄마가 되고 싶기 때문이다. 내가 생각하는 좋은 엄마는 삶의 기준이 명확해서 흔들리지 않는 엄마이다. 뿌리가 흔들리면 가지도 흔들리고 때론 잎사귀를 떨구기도 한다. 성인이 되기 전까지 나와 연결되어 있을 아이들에게 단단한 뿌리가 되어 주고 싶다. 아이들을 위해 나를 가꾸는 시간이 곧 내가 자라는 시간이다.

행복을 주는 존재가 있다는 것은 큰 기쁨이다. 하지만 더 큰 의미가 있다. 그들은 삶이 의미 있는 삶임을 깨닫게 해 준다. 또 내가 가치 있는 존재로 느껴져 나를 더 사랑하게 되고 아끼게 된다. 그리고 감사한 마음으로 살아가야 할 이유가 되기도 한다.

친정엄마에게 물었다. "엄마, 엄마를 행복하게 하는 사람은 누구야?" "누구긴 누구야. 너희들이지.” 당연한 질문을 하느냐는 듯한 대답이다. 그래, 나도 엄마 자식이다. 나도 엄마에겐 존재만으로 행복을 주는 사람이다. “우리가 엄마 잔소리 듣기 싫어하고, 엄마 말도 안 듣고, 옛날에 수능 망치고 막 그럴 때도 행복했어?” 하하 웃음을 터트린 엄마가 대답했다. “니도 인자 앞으로 키아봐라. 그때그때 다른 기쁨을 주는 기 자식이다. 속상하게 했던 일도 다른 일로 웃게 해 주면 다 이자뿌지 뭐. 지금은 말해도 모른다. 더 키아봐라.” 자꾸 더 키워보라신다. 다행이다. 안도감이 들었다. 나도 엄마의 기쁨이자 행복인 것이. 그것이 당연한 거라고 대답해 주어서.

아이가 생기기 전 엄마와 단둘이 여행을 많이 다녔다. 엄마는 결혼생활의 반은 아버지 병 수발을, 아버지가 긴 여행을 떠난 이후에는 홀로 남은 시노모 병 수발을 들었다. 대구에서 한 시간이면 족히 가는 거리인 경주에도 한 번 가본 적 없는 어머니의 삶이 안타까웠다. 차를 타면서부터 어머니의 표정은 달라진다. 무표정이던 얼굴에 행복의 주름이 생긴다. 덩달아 내 얼굴에도 예쁜 주름이 생긴다. 어머니가 느끼는 기쁨, 행복이 부메랑이 되어 나에게 돌아온다.

이미 우리는 태어날 때부터 행복을 주는 존재였다. 그리고 부모로부터 사랑을 받고 행복을 느끼며 성장해 왔다. 부모로부터 받은 행복의 씨앗은 우리 마음에 깊이 뿌리를 내렸다. 그래서 부모가 아닌 대상에게도 행복을 줄 수 있는 큰 나무가 되었다. 이처럼 우리는 행복을 주고받는 존재이다.

행복은 쌍방통행이다. 누군가를 행복하게 할 때는 주는 기쁨을 느끼며 나도 덩달아 행복해진다. 또 상대방으로부터 행복을 받았을 때는 감사의 마음을 전하는 것으로 상대를 행복하게 한다. 이렇게 행복을 주고받으며 마음을 나누면 행복의 크기는 더 크고 깊어진다.

내 삶에 달콤함을 한 스푼 떠 넣는 방법. 행복의 씨앗을 먼저 뿌리는 것. 그 씨앗은 오래 걸리지 않아 달디단 열매가 되어 돌아올 것이다.

가족, 사랑스러운 이름

이경주

엄마는 서울에서 태어나 자랐지만 성주로 시집을 오면서 시골에 살게 되었다. 아빠는 평소에는 법 없이도 살 만큼 자상하고 조용한 분이셨는데 친척에게 사기를 당한 이후로는 술만 먹으면 폭력적으로 바뀌었다. 동네 어른들이 종종 "아이들 두고 도망가지."라고 얘기하는 것을 들은 기억이 난다. 내가 고3이 된 어느 날 아빠는 자전거를 타고 집에 오던 중 차에 치여서 하늘나라로 가셨다. 갑작스러운 사고에 가족 모두 힘들고 슬픈 감정에 휩싸였다. 엄마는 힘든 상황 속에서도 세 딸을 사랑과 희생으로 키우셨고 끝까지 물심양면으로 도와주었다. 자식들을 향한 희생적인 사랑과 헌신을 베풀어 준 엄마로 인해 현재 행복한 삶을 살고 있다. 본인의 행복을 찾기보다 자녀들의 삶과 행복을 먼저 생각하고 그것을 실천한 엄마가 계셔서 너무 감사하다. 어느새 엄마가 홀로 자식들을 키운 나이가 지금 내 나이가 되었다. 한 번씩 돌아보면 '혼자서 많이 외롭고 때론 힘드셨겠구나' 생각하게 된다. 받은 바 사랑이 너무 크기에 감사함으로 조금씩 갚아나가고 있다. 함께 여행도 가며 용돈도 두둑하게 챙겨드리려고 노력하고 있다.

대학교 때 교회를 다니게 되었고 그곳에서 남편을 만나서 결혼하게 되었다. 대학교 때 본 남편은 목소리가 크고 앞에 나서는 것을 좋아하는 사람이었다. 그런 남편의 모습이 썩 좋게 생각되지 않았는데 소개로 만나고 가까이에서 본 모습은 생각과 너무나도 다른 모습이었다. 이벤트를 준비해서 기쁘게 해 주었고 맛집도 늘 찾아서 먹으러 가기도 했다. 무엇보다도 종교적인 가치관이 맞아서 같은 곳을 바라보고 생각할 수 있어서 행복하다. 대화도 잘 통하고 늘 웃게 해 주는 사람이다. 나는 실수를 자주 하는 편인데 그 모습도 정말 즐거워하며 좋아한다. "나만큼 자신을 웃게 하는 사람은 없다."라고 종종 말하곤 한다. 연애할 때보다 현재의 남편이 더 좋다고 사람들에게 종종 얘기하기도 한다. 센스가 있어 바뀐 내 모습을 잘 알아내고 자녀들에게도 좋은 아빠의 모습을 보여 준다. 한 번씩 의견 차이가 있거나 자녀 양육에 있어서 가치관이 다를 때도 서로 합의점을 찾아서 해결한다. 남편을 만나서 정말 감사하고 또 행복한 나날을 보내고 있다.

30대 중반에 결혼을 했다. 결혼을 하고 얼마 지나지 않아 선물처럼 아기가 찾아왔다. 첫째 아들은 조금 예민하긴 한데 엄마를 좋아하며 영특하다는 소리를 자주 듣는다. 엄마의 잔소리도 웃음으로 승화시키며 장난도 잘 치고 애교가 많은 아들이다. 아들과 종종 부딪힐 때가 있었는데 어느 날 차 안에서 남편이 말했다. "당신 그거 알아?" 주혁이가 당신하고 "똑 닮았어." 나는 많이 충격 받았고 그 이후에 눈물 흘리면서 나 자신을 돌아보는 귀한 계기가 되었다. 나도 모르게 둘째 딸과 첫째 아들을 다르게 대했다는 것도 알게 되었다. 그 이후 첫째 아들을 진심으로 사랑하게 되었고 아이를 위해 기도하는 엄마가 되었다. 둘째가 100일이 되기 전에 고열이 났었다. 백일 전에 열이 났을 때는 곧바로 병원을 가야 한다는 것을 알고 있었다. 짐을 챙기고 부랴부랴 큰 병원으로 갔다. 피검사 결과 염증 수치가 높게 나와서 척수 검사까지 해야만 했다. 검사 결과는 뇌수막염. 결국 2주 동안 입원을 하게 되었다. 의사는 혹시나 후유증이 있을 수 있다고 설명했지만 감사하게도 둘째는 너무 건강하게 잘 크고 있다. 다인실에서의 병원 생활은 힘들었지만 보호자의 입장을 잘 이해 할 수 있는 시간이기도 했다. 둘째 딸은 엄마의 마음을 잘 헤아리며 엄마를 많이 생각해 주는 기특한 아이이다. 한번은 사레가 걸려 기침을 여러 번 하였는데 멀리 떨어져 있던 둘째가 "엄마 괜찮아?"라고 급하게 뛰어오다 넘어지면서 거실 바닥에 배를 심하게 부딪쳤다. 그 소리가 너무 컸고 아이도 배가 계속 아프다고 해서 근처 병원에 가서 CT와 피검사를 했었다. 아이의 마음이 예쁘기도 하고 또 CT까지 찍어서 미안한 마음도 들기도 했다. 아이가 엄마를 생각하는 마음이 예쁜 것처럼 나도 부모님을 마음과 정성으로 더 잘 챙겨드려야겠다고 생각했다.

둘째가 초등학교 들어가기 전까지 시댁에 같이 살았는데 시부모님의 사투리를 아이도 자연스레 따라했다. 하루는 어린이집 선생님이 아이에게 "주하 오늘 뭐 타고 왔어요?"라고 물었는데 아이가 "구르마 타고 왔어요!"라고 대답했다는 말을 전해 듣고 한참을 웃은 적도 있다. 순간순간 예쁘고 귀여운 말로 나를 행복하게 해 주고 있다. 가끔 오후 근무를 할 때면 밤 11시까지 엄마를 기다리고 있는 예쁜 아이이다. 자녀들은 하늘에서 내게 맡겨 주신 축복이며 또 나를 성숙시키는 역할을 한다. 여러분들도 자녀로 인해 기쁨과 성장하는 멋진 시간이 되길 바란다.

나를 행복하게 하는 사람은 가까이에 있는 가족임을 기억하고 사랑과 존중으로 대하길 원한다. 또 곳곳에서 만나는 모든 사람에게 친절과 진실한 마음으로 대하려고 노력한다.

여러분을 행복하게 하는 사람은 누구인가? 눈을 들어 주위에 있는 사람들에게 관심을 가지고 소소한 행복을 찾을 때 가까이에 있는 사람이 나의 행복에 영향을 준다. 작은 일에 그리고 주위에 있는 사람들에게 관심을 가지고 함께 행복한 시간을 보낼 때 행복은 나에게로 와서 내 것이 된다. 미국의 장로회 목사이자 정치인인 노먼 토머스는 이런 글을 남겼다. 콩꽃의 꽃말은 반드시 오고야 말 행복이다. 행복한 삶의 비밀은 올바른 관계를 형성하고 그것에 올바른 가치를 매기는 것이다.

여러분들도 생활 속에 올바른 관계를 형성하고 거기에 올바른 가치를 두어 행복한 삶을 살길 원한다.

있는 그대로의 나로
충분합니다

이은주

'내가 진짜 행복했던 순간은 언제였을까?'

편한 사람과 웃으며 이야기할 때, 좋아하는 노래를 들으며 흥얼거릴 때, 아무 이유 없이 기분 좋은 하루를 마무리할 때였다. 그 모든 순간에는 늘 나 자신이 함께 있었다. 내 마음을 알아주고, 나를 다독여주는 사람은 결국 나 자신이었다. 이런 마음을 떠올리면, 오래전에 읽었던 한 이야기가 생각난다.

당나귀를 팔러 아버지와 아들이 시장으로 향하는 길이었다. 그들은 마을 사람들로부터 당나귀를 끌고 가는 방법에 관해 이런저런 말을 들었다. 아버지는 그때마다 자기 생각 없이 그대로 따라만 하다가 결국 당나귀를 물에 빠뜨려 죽이고 말았다. 남의 시선만 신경 쓰다가 아버지는 결국 자신의 행복을 놓쳐 버린 것이다. 이 이야기를 떠올릴 때마다 다시 깨닫게 된다. 남들의 시선을 따라가다 보면, 내가 진짜 원하는 건 자꾸 뒤로 밀려난다는 것을.

다른 사람의 기준으로 행복을 판단하기 시작하면, 나는 점점 내 마음에서 멀어지게 된다.

나도 한때 아침에 눈을 뜨면 무의식적으로 SNS를 켰다. 누군가는 비싸 보이는 레스토랑에 가서 브런치를 즐기고 있고, 누군가는 해외 어딘가의 해변에서 웃고 있었다. '나도 저렇게 살고 싶다'라는 마음이 들기보다는, '왜 나는 저렇지 못할까'라는 비교가 먼저 떠올랐다. 나에게 주어진 평범한 일상에 감사하기보다는, 누군가의 보여 주는 일상을 기준 삼아 나의 하루를 평가하고 있었다. 이런 비교하는 삶 때문에 나의 일상이 시시하게만 느껴지고 짜증이 늘어갔다.

5월의 어느 공휴일, 아무 계획 없이 그냥 무작정 부산으로 떠났다. 부산역에 도착해서 버스를 타고 송도 해상케이블카가 있는 해변으로 갔다. 비가 부슬부슬 내리고 있었는데, 해변을 걷는 사이 바람까지 더해져 비바람이 되었다. 비를 맞으며 이런저런 생각이 들었다. 나만 혼자인 것 같아서 괜히 어색한 기분이 들었다. 그래서 주변 사람들을 힐끔힐끔 쳐다봤다. 온전히 혼자가 되고 나니, 평소엔 미처 하지 못했던 생각들이 하나둘 떠올랐다.

요즘 부쩍 자주 화가 나는 이유는 뭘까? 왜 나는 다른 사람들처럼 행복하지 못한 걸까? 그런 질문들이 머릿속을 맴돌았다. 근처 카페로 들어가 창가에 앉아, 비를 피해 오가는 사람들을 한참 바라봤다. 모두 어디론가 향하고 있었고, 각자의 삶을 살아가고 있었다. 그 모습을 지켜보며 문득 깨달았다.

우리는 대부분 눈에 보이는 것들을 행복의 기준으로 삼고 살아간다. 좋은 직장, 높은 연봉, 넓은 집, 화려한 여행, 그리고 남들의 부러움을 사는 삶. 그 기준에 맞춰 살아가면 행복해질 수 있다고 믿었다. 그래서 나도 한동안은 남들처럼 살아 보려고 애썼다. 조금 더 나아 보이고, 더 많이 인정받으려고 내 마음의 소리를 외면한 채 달려왔다. 그런데 그럴수록 이상하게 마음은 텅 비어 갔다. 내가 진정으로 원하는 것을 잊은 채, 남들이 정한 행복의 틀에 나를 끼워 맞추고 있었다.

하지만 혼자만의 시간을 보내며 깨닫게 되었다. 내가 진짜 행복을 느끼는 순간은 아주 작고 소박한 장면들 속에 있었다. 편한 사람과 아무 말 없이 걷는 저녁 길, 아무 계획 없이 떠난 여행지에서 우연히 마주한 풍경, 남들 눈에 특별해 보이지 않아도, 내 마음이 웃는 그런 순간들이 진짜 행복이었다. 행복은 결국, 나 자신에 의해 결정된다는 것을 알게 되었다. 누군가의 기준도, 사회가 말하는 성공도 아닌 내가 어떤 마음으로 살아가는지가 나를 행복하게 만든다.

SNS에선 모두가 행복해 보인다. 맛있는 음식을 먹고, 멋진 곳에 가고, 근사한 말들을 남긴다. 하지만 그 이면에 어떤 외로움이나 고민이 있는지는 알 수 없다. 누군가의 사진 몇 장으로 그 사람의 진짜 감정을 알 수는 없다. 남에게 보이는 모습이 진짜가 아닐 수도 있다. 남의 삶을 부러워하며 보내는 시간보다, 내 삶을 가꾸는 데 집중하는 시간이 더 가치 있다. 그러니 이제는 화면 속 누군가의 빛나는 모습에 속지 말자. 나의 삶도, 나만의 방식으로 충분히 아름다울 수 있다.

내가 행복하다고 느꼈던 순간들을 돌아보면 거창하지 않았다. 매일 집을 나와 갈 곳이 있고 내 일을 하고 집으로 돌아와 가족들과 이런저런 이야기를 한다. 그러다 한 번씩 어딘가로 여행을 떠난다. 여행은 내가 열심히 일상을 살아 낸, 내가 나에게 주는 작은 선물이다. 여행 안에서 충전된 에너지로 다시 일상으로 돌아온다. 그럴 때 느꼈다. 나를 가장 행복하게 하는 사람은 바로 나 자신이라는 그것을 말이다.

행복은 보여 주는 게 아니라 느끼는 것이다. 그리고 그 기준은 언제나 나에게 있다. 타인의 삶을 보며 나의 행복을 판단하지 않겠다 다짐한 뒤로, 나는 훨씬 자유롭고 가벼워졌다. 더는 비교하지 않아도, 나는 이미 충분히 괜찮은 삶을 살고 있었다. 그래서 이제는 나의 마음에 더 귀를 기울이기로 했다.

다른 사람의 말보다, 내가 어떤 순간에 편안한지, 언제 웃음이 나는지를 먼저 살핀다. 내가 나를 좋아해 줄 때, 세상의 말은 그리 크게 들리지 않는다. 행복은 멀리 있는 게 아니다. 조용히 내 안에, 내 옆에 머물고 있다. 그리고 그것을 알아채고 꺼내줄 수 있는 사람은, 오직 나뿐이다. 나를 행복하게 하는 사람은, 바로 나다.

우리는 종종 누군가가 우리를 행복하게 해 주기를 바란다. 좋은 집, 많은 돈, 높은 지위, 나를 사랑해 주는 사람들이 있으면 행복할 것으로 생각한다.

그들의 인정이나 사랑이 없으면 우리는 불행하다고 느끼기 쉽다. 그러나 이러한 외부의 요인은 일시적일 뿐이며, 결국 우리의 행복은 우리 자신의 선택과 태도에 달려 있다. 진정한 행복은 외부에서 오는 것이 아니라 내 안에서 나오기 때문이다. 행복이라는 감정은 결국 내가 느끼는 것이다. 남들이 부러워하는 것을 보면서 느끼는 감정은 행복이 아니라 우월감이 아닐까? 우월감이 주는 기쁨은 얼마 지나지 않아 없어질 것이다. 하지만 스스로 선택한 것에서 느끼는 기쁨은 오래 지날수록 더 큰 기쁨을 준다.

결국, 내 삶의 방향을 정하는 건 나고, 나의 감정을 가장 잘 알고 돌볼 수 있는 사람도 나 자신이다. 남들이 뭐라 하든, 어떤 삶이 멋져 보이든, 내가 내 마음에 귀 기울이고 나를 이해하려고 노력할 때 진짜 행복이 찾아온다. 이제는 안다. 나를 행복하게 만드는 건 멋진 풍경도, 누군가의 칭찬도 아닌, 나 자신을 있는 그대로 받아들이고 사랑해 주는 나라는 사실을. 그래서 나는 오늘도 나에게 묻는다.

"지금, 괜찮아?"

그리고 그 대답에 따라 나를 더 아껴 주기로 한다.

나를 행복하게 하는 사람은, 바로 나다.

나무처럼 사랑하는 사람들

정미림

요즘 나는 습관처럼 쿠팡 앱을 열곤 한다. 무엇을 사야 할지도 모른 채, 손가락은 익숙한 움직임을 반복하며 쇼핑 목록을 훑는다. 유명 유튜버들이 추천한 필수템이라는 문구를 보면, '나도 필요하지 않을까?' 하는 생각이 들어 구매 버튼을 누른다. 그러나 그렇게 산 물건들이 진짜 나를 채워 주는 경우는 드물다. 배달된 물건을 받기 위해 택배상자를 열고 잠깐의 설렘을 맛본 후에는, 금세 다른 것을 찾게 된다. 그 악순환 속에서 나는 스스로에게 묻게 된다. '나는 과연 무엇으로 행복을 느끼는 사람일까?'

그 질문은 결국 나를 '사람'이라는 답으로 이끌었다. 물건이 아니라, 나를 따뜻하게 감싸 주는 존재들. 말 한마디 없이도 마음을 읽어 주는 가족, 지쳐 있을 때 조용히 등을 두드려주는 친구, 무언가를 바라지 않고도 함께 있어 주는 사람들. 그들이 곁에 있기에 나는 살아갈 수 있고, 다시 일어설 수 있다. 그리고 그런 생각 속에서 문득 떠오른 책 한 권이 있었다. 쉘 실버스타인의 『아낌없이 주는 나무』가 떠올랐다. 어릴 때는 그 책 속의 소년이 부러웠지만, 지금은 나는 다시금 나무의 입장에서 그 책을 다시 읽게 된다. 그리고 자연스럽게 나 자신을 그 나무에 투영하게 된다.

나는 매일 나무처럼 살아가고 있다. 자식을 위해, 가족을 위해, 친구와 이웃을 위해 나의 일부를 조금씩 떼어내고 있다. 내 시간, 내 에너지, 내 감정, 심지어는 내 욕망까지. 누군가를 위한다는 이유로, 혹은 사랑이라는 이유로 나는 스스로를 기꺼이 내어 주며 살아간다. 젊을 때는 이것이 책임감이라고 생각했지만, 시간이 흐를수록 그것이 바로 '사랑의 형태'였음을 알게 되었다.

아이들은 자라면서 점점 내 품에서 멀어지고 있다. 예전엔 매일 안기던 아이가 이제는 내 손길을 조심스레 피한다. 그 모습이 서운하지 않다면 거짓말일 것이다. 그러나 그 변화마저도 성장의 일부이고 아이는 자랄수록 독립을 꿈꾸고, 나는 여전히 그 자리에 머물며 아이를 바라본다. 하루의 끝에서 아이의 조용한 숨소리를 듣는 그 순간조차도, 내겐 말할 수 없이 큰 위안이다.

가끔은 아이들의 성장 과정에서 느끼는 허전함과 나 자신의 존재감을 다시 돌아보게 된다. 아이가 친구들과 어울리는 시간이 많아질수록, 나의 빈자리는 점점 커진다. 하지만 그 빈자리를 억지로 채우려 하지 않는다. 오히려 그 빈자리를 따뜻하게 지켜 주는 것이 진짜 부모의 역할임을 깨닫게 된다. 아이들이 마음껏 세상을 향해 나아갈 수 있도록, 뒤에서 조용히 응원하는 존재가 되고 싶다.

이따금 내 삶은 '밑동만 남은 나무'처럼 느껴진다. 싱그러웠던 시절은 어느덧 지나가고, 예전 같지 않은 몸과 에너지를 자각하게 된다. 해야 할 일들이 우선이고, 하고 싶은 일은 늘 뒷전이다. 그런데도 나는 그 삶을 후회하지 않는다. 왜냐하면 아이들에게 내가 있어야 할 때, 나는 언제나 그 자리에 있었기 때문이다. 내가 만든 그늘에서 아이들이 숨을 고르고, 가족이 쉴 수 있었다는 사실만으로도 나에게는 충분한 보상이 된다.

나무는 말을 하지 않는다. 그러나 그 자리에 조용히 서 있는 것만으로도 무언의 메시지를 전한다. 비가 오고, 바람이 불고, 눈이 내려도 흔들리지 않고 그 자리를 지킨다. 나 역시 가족을 그렇게 대하고 있다. 말로 다 설명하지 않아도, 곁에 있어 주는 방식으로 말이다. 그것이 가장 깊은 사랑의 방식임을 나는 배워 가고 있다.

특별한 행동 없이도 마음을 전달할 수 있다는 것, 그것이 바로 관계의 본질이다. 가끔은 마음이 공허하고 씁쓸하다. 내가 내어 준 마음에 충분한 감사가 돌아오지 않을 때, 오해받거나 무시당한다고 느껴질 때, 마음이 울컥하기도 한다. 그럴 땐 나무를 떠올린다. 굳건히 서서 햇살을 나눠 주고, 그늘을 드리우며 조용히 누군가를 품어주는 나무의 역할을 말이다. 나도 그런 존재이고 싶다.

내가 얼마나 많이 주었는가보다, 내가 얼마나 오래 서 있었는가가 더 중요하다는 걸 이젠 안다. 사람과 사람 사이의 관계는 순간의 감정보다 지속적인 존재감에서 비롯된다. 내가 자리를 지키고 있다는 사실만으로도 누군가에게는 큰 의미가 된다. 아이의 미소, 남편의 따뜻한 눈길, 가족과 함께 나누는 저녁 식사 등 가족과 함께하는 이 소소한 모든 것이 내가 나무로서 존재한 시간의 결실이다.

나는 더 이상 무언가를 바라는 사랑을 하지 않는다. 대신 '주는 사랑'의 힘을 믿는다. 그것이 나를 지탱하게 했고, 가족을 하나로 엮어 주었다. 그들이 힘들 때 나무처럼 옆에 있어 주고 그늘이 되어 주고, 그리고 다시 걸어가는 힘을 주는 것 말이다. 나는 지금도 그 사랑을 선택하고 있다.

어쩌면 내가 이렇게 나무처럼 살아갈 수 있었던 것은, 어릴 적 부모님에게서 배운 무언의 사랑 덕분일지도 모른다. 어머니가 해 주던 따뜻한 밥 한 끼, 일하시던 아버지의 뒷모습 같이 일상에서 내가 보고 자랐던 모습 말이다. 나는 이제야 그 사랑의 의미를 조금이나마 이해할 수 있게 되었다.

나를 행복하게 하는 사람들은 단순히 나를 기쁘게 해 주는 사람들이 아니라, 나를 성장시키고, 나를 단단하게 만들어 주는 존재들이다. 가족은 물론이고, 가끔은 친구나 동료들, 심지어는 스쳐 지나가는 인연들조차도 나에게 소중한 깨달음을 안겨준다. 어떤 인연은 나를 웃게도 울게도 했지만, 그 모든 순간이 모여 지금의 나를 만들었다.

결국, 나를 행복하게 하는 사람은 내가 사랑하는 사람들이다. 그리고 나는 그들을 위해 나무가 되기로 했다. 조용히 뿌리내리고, 묵묵히 그 자리를 지키며, 때로는 가지를 내어 주고, 잎을 흔들며 반겨주는 존재가 되기로 말이다. 그 삶이 고요하고, 고단하고, 말이 없어도, 그 안에는 누구보다 깊고 넓은 사랑이 흐르고 있다.

나무처럼 산다는 것은 나를 키우는 방식이기도 하다. 누군가를 위한다는 이유로 시작한 일이 결국은 나를 더 강하게 만들었다. 주는 삶 속에서 나는 매일 조금씩 더 단단해지고 있다. 그래서 나는 오늘도 나무처럼 서 있다. 사랑하는 사람들을 위해, 그리고 나 자신을 위해. 바람에 흔들려도, 비에 젖어도, 다시 햇살이 올 것을 믿으며 조용히 그 자리를 지킨다.

그리고 나는 믿는다. 언젠가 내가 심은 작은 사랑의 씨앗들이 다시 누군가의 마음속에서 자라날 것임을 말이다. 그들은 다시 누군가에게 나무가 되어 줄 것이고, 그렇게 사랑은 끊임없이 이어질 것이다. 나의 삶의 방식이 그렇게 조용히 세상을 조금 더 따뜻하게 만들 수 있기를 소망한다.

소중한 관계 속에서
피어나는 향기

정선경

사람들의 성격을 이야기할 때, 우리는 흔히 외향적이거나 내향적이라고 구분하곤 한다. 이를 구분하는 기준은 주로 그 사람이 에너지를 어떻게 얻는지, 그리고 사람들과의 상호작용에서 어떻게 느끼는지에 따라 달라진다고 한다. 예를 들어, 외향적인 사람은 모임에 참석하는 그 자체에 즐거움을 느끼고 낯선 사람들과의 대화도 즐기며 떠들썩한 분위기 속에서 에너지를 얻는다. 반면 내향적인 사람은 많은 사람들 속에서 피로감을 느끼며 혼자 있는 시간을 통해 에너지를 충전한다. 그리고 다양한 사람들과 얕은 관계를 맺기보다는 가까운 사람들과 깊은 유대 관계를 나누는 것을 선호한다.

그런 측면에서 직업적 역할과는 별개로 나는 본질적으로 내향적인 사람인 것 같다. 특히 많은 사람들과 폭넓게 교류하기보다는 가까운 이들과 깊고 오래 이어지는 관계에서 더 큰 행복을 느낀다. 시끌벅적한 모임보다는 마음이 잘 통하는 사람들과 함께하는 소소한 모임을 즐기고 이들과의 진심 어린 깊은 대화에서 마음의 평안을 느낀다.

일상에 지친 나를 있는 그대로 내려놓을 수 있게 하는 나의 사람들 중 하나는 책나무 독서코칭 전문학원을 운영하면서 알게 된 동기 원장님들이다. 처음에는 단순히 업무적인 관계로 시작했지만, 이제는 그 이상의 의미를 지닌다. 힘든 일이 있을 때면 밤늦은 시간에도 전화를 걸어 한 시간이 넘도록 서로의 이야기를 나누며 그 힘듦을 함께 나누고, 진심 어린 충고와 위로도 아끼지 않는다. 이러한 소통이 나에게 얼마나 큰 힘이 되는지 모른다.

퇴근 후 만날 금요일 밤을 향한 기다림은 일주일의 피로감을 견뎌낼 수 있게 해 준다. 마치 로또 당첨을 기대하며 일주일 내내 복권을 지갑 한쪽 귀퉁이 깊숙이 간직하는 사람처럼. 한 달에 한 번 함께하는 주말여행은 우리의 인생에 또 다른 추억을 선물한다. 중년이라는 인생의 또 다른 막을 맞이하며 이렇게 함께하는 소중한 인연이 내게 얼마나 든든한 버팀목이 되는지 다시 한번 깨닫는 요즘이다.

책나무라는 공통의 교집합이 있어 우리는 서로에게 진심으로 공감하고 힘이 되어 주며 도움이 되기도 하지만 그 어떠한 이익도 계산하지 않는 순수한 관계라는 점이 무엇보다 감사할 일이다. 이들과 함께 나누는 수다와 웃음이 그저 바쁘고 평범한 일상을 특별한 순간으로 만들어 준다. 퇴근 후 함께 먹는 삼겹살 한 조각에 담긴 소소한 행복이야말로 내게는 일상의 더할

나위 없는 즐거움이 아닐까 싶다.

나를 있는 그대로 바라봐주는 또 다른 소중한 인연은 함께 있어 행복한 사람이면서 함께 행복하게 살아가야 할 사람, 내 남편이다. 결혼을 한 지 어느덧 20년이 되었다. 20이라는 숫자를 보며 나는 문득 그 숫자의 무게에 놀랐다. 우리가 언제 이렇게 나이를 먹었을까? 내가 이렇게 나이 들어감에 한 번 놀라고, 어느 순간 세월의 흐름에 무뎌졌다는 사실에 또 한 번 놀랐다.

한때 풋풋했던 시절을 떠올려 보면 남편의 어떤 매력에 그렇게 흠뻑 빠졌었는지 지금은 도저히 이해가 안 될 정도이다. 누군가 남편의 매력이 무엇이었냐고 물으면, 예전 유행어로 '차도남' 스타일에 똑똑해서 좋았다고 답하곤 했다. 그땐 눈에 두꺼운 콩깍지가 단단히 씌어 있었던 모양이다. 남편의 모든 것이 마치 마법처럼 매력으로 보였지만, 시간이 흐르고 나니 그 당시의 감정들이 한 편의 로맨스 코미디 영화 속 장면처럼 느껴지기도 한다.

"내가 언제 좋았어?"라는 나의 질문에 그냥 알던 사이일 때 "딱 10초 예뻐 보였다."라고 답하는 거짓말(?)을 할 줄 모르는 남자였고, 정성을 다해 준비한 발렌타인 초콜릿에 대한 답례로 제과점에서 판매하는 '개구리 얼굴' 모양의 젤리 스틱 한 뭉치를 사 와서 멋없이 건네는 그런 남자였다. 그때는 그런 그의 엉뚱한 반응마저도 매력으로 느껴졌다. 마법처럼.

반백 살의 중년 아저씨가 된 남편은 더 이상 스마트한 '차도남'이 아니다. 대신 아저씨 개그를 마구 던지는 진짜 옆집 아저씨가 되었다. 두꺼웠던 콩깍지가 오래전에 벗겨졌지만, 지금은 누구보다도 서로를 편히 여기며 함께 삶의 작은 행복을 찾아가고 있다. "아이고, 피곤해 죽겠네~"라고 투덜대면서도 밤새 함께 넷플릭스를 정주행하기도 하고, 자신이 사준 두꺼운 겨울 점퍼를 입은 나를 보고는 "동대문 시장 환치기 할매 같네"라며 놀리기도 한다. 그것이 농담인지 진담인지 헷갈릴 때도 많지만, 그런 작은 순간들이 또 다른 웃음을 만들어 내기도 한다.

내가 글을 쓴다고 하니, "오~ 그럼 이제부터 낙동강이라고 부르면 되나? 대한민국에는 한강 작가가 있고, 자기는 대구 사람이니까 낙동강이네."라고 놀리며 헛웃음을 짓게 만드는 남편. 그런 그의 엉뚱한 유머가 오늘도 우리의 일상에 웃음을 더해 준다. 이렇게 변해버린 남편과 나는 이제 서로에게서 더 이상 큰 기대나 화려한 매력을 찾지는 않는다. 대신, 함께 하는 일상의 소소한 순간들이 행복의 조각으로 우리 삶을 채워 가고 있다.

나는 우리가 만나는 모든 관계가 인연에 의한 것이라고 믿는다. 얼굴만 알고 지내던 원장님들과 절친한 친구가 되어 서로의 일상을 나누게 된 것도 우연히 시작된 인연이었고, 한평생을 함께할 반려자를 만난 것도 그 인연 덕분이라고 생각한다. '악연도 인연이다'라는 말이 있듯 좋은 인연이든 때로는 악연이든 모든 만남은 우리 삶의 일부다.

하지만 그 인연에 있어서도 가장 중요한 건 노력이 아닐까 싶다. 앙투안 드 생텍쥐페리의 『어린 왕자』에서 왕자와 장미의 관계처럼 인연은 지속적으로 돌보아야 하는 꽃과 같아서 함께 하는 시간 속에서 서로를 인정하고 진심으로 대한다면 그 관계 속에 피어나는 향기 또한 깊어질 수밖에 없다. 그리고 우리는 이 관계 속에서 일상의 행복을 찾을 수 있다. 나는 오늘도 소중한 장미꽃 몇 송이들을 싱그럽게 가꾸기 위해 물을 주고 햇살을 드리운다.

4장

나를
행복하게 하는
물건

"우리의 가장 소중한 물건은 그것에 얽힌 이야기로 인
해 가치가 있다."

— 올리버 색스, 『온 더 무브』 중에서

영원할 것 같은 시간 속으로

권영순

우리 주변에는 많은 물건들이 공간을 가득 채우고 있다. 추억이 깃든 물건들이나 어떤 필요에 의한 물건들로 점점 공간이 채워지고 있다. 그것을 알뜰함의 미덕으로 여기던 우리 부모님은 어느 것 하나 버리지 못하셨다. 어느 것 하나 버리지 못했던 많은 물건들에서 위로를 받았는지도 모르겠다.

그래서 지금도 친정집에 가면 어린 시절 내 물건들이 고스란히 남아 있다. 심지어 오래되어 빛바랜 교과서나 노트까지도. 가끔 그 방에 들어가 한참 동안 이것저것 뒤적여 본다. 수 없이 많이 봐서 너무도 익숙한데도 한참 시간을 보낼 때가 많다. 그리고 친정집에서 나는 초록 풀의 싱그러운 냄새를 한껏 들이키고 나면 왠지 힘이 나는 것 같다. 그 덕분에 나는 친정에 가면 추억여행을 하고 온 기분이 들어서 좋다. 바쁜 일상으로 돌아와 우연히 고향집의 싱그러운 풀 냄새를 맡을 때는 친구들과 뛰어놀았던 풀밭의 추억이 나를 잠시 휴식할 수 있게 해 준다.

나에게는 우리 아이들이 어릴 적 써 주었던 편지들이 그렇다. 볼 때마다 입가에 미소를 머금게 하는 사랑이 넘쳐나는 표현들이 나를 행복하게 한다. 그림처럼 그린 것 같은 글자로 쓴 첫 편지를 보면 얼마나 웃음이 나는지. 아장아장 걷던 사진들과 함께 보고 있으면 20년 전으로 나를 데려가 준다. 냉장고 문에 붙어 있는 빽빽하게 적힌 A4용지 크기의 편지들에서는 아이의 마음이 그대로 녹여져 있다. 엄마 아빠에게 서운했던 마음, 용서를 구하는 마음까지. 훌쩍 커 버려 독립해 자주 볼 수 없는 아이를 대신해 편지들을 자주 본다. 그것은 눈물 나도록 그 시절이 그립기 때문일 것이다. 어느 날 편지들이 누렇게 변한 것을 보고 한 장 한 장 코팅을 하기도 했다. 종이에서도 세월이 묻어나는 것이 아쉬웠다. 나이 들어감과 그 편지들의 소중함이 비례하고 있는 것 같다.

아이들이 어린 시절 아끼던 동화책 몇 권이 아직도 책장에 꽂혀 있다. 며칠 전 책을 가장 좋아했던 큰딸이 그 책 중 한 권을 택배로 보내 달라고 해서 보내 준 적이 있다. 왜 그 책을 보내 달라고 하는지 물어보았더니 어릴 때 읽던 책 중 세계 여러 나라의 음식들이 나오는 내용들과 그 작가의 그림을 너무 좋아했다고 했다. 검색창에 몇 글자만 치면 화려한 사진들과 함께 잘 나올 텐데 딸아이는 어린 시절 그 책을 읽으며 느꼈던 감정들이 그리웠나 보다. 아이도 나처럼 추억여행이 하고 싶었던 것 같다. 우리 부모님이 그랬듯이 나도 우리 아이들의 추억을 지켜줘야겠다고 생각했다. 성인이 되어가는 아이들을 보며 소중한 추억 속에 남아 있는 물건들이 내 마음까지도 채워 주고 있다.

우리 부모님도 그랬을 것이다. 오래된 사진첩 속 어린 나는 바지를 배 끝까지 끌어 올려 한껏 멋을 내고 금방이라도 사진 속에서 뛰어나올 것 같은 표정을 짓고 있다. 내가 얼마나 개구쟁이였는지 사진 속에 고스란히 남아 있다. 지금의 나와는 너무도 다른 모습이지만 정감이 간다. 멋짐을 포장한 촌스러운 모습의 사진들도 부모님에게는 세상 가장 소중한 물건들이었을 것이다.

나에게도 꿈 많았던, 구르는 낙엽만 보고도 배꼽 빠지게 웃던 때가 있었고 내 곁에서 소중한 우정을 얘기하던 친구들이 함께했다. '나도 저런 때가 있었나?' 싶을 정도로 나를 잊고 살 때 사진 속 나를 만나 본다. 그 속에는 빛바랜 나의 꿈이 있고, 사랑이 있다.

〈사랑과 영혼〉 영화를 보고 너무 감동받아 영화 포스터를 노트 한가득 붙여 놓고 데미 무어와 패트릭 스웨이지의 광 팬이 된 것까지. 그때 처음 접한 팝송은 나를 영어의 세계로 이끌었다. 무슨 뜻인지도 모르고 노래를 외웠던 기억이 난다.

그때 친구와 함께 소중히 나눠 가졌던 물건들이 아직도 보관함에 있다. 그때는 비밀 일기라는 것이 유행했다. 서로 일기를 써 한 권이 다 차면 친한 친구와 바꿔보던 일기장. 지금 생각해 보면 일기를 바꿔본다는 것이 웃긴 일이지만 그때는 그것이 우정의 증표 정도 된듯하다. 유치하기 짝이 없던 이야기로 서로의 고민을 써 놓았던 일기장.

휴대전화가 없던 때라 지금은 연락이 많이 끊겼지만 어딘가에서 잘살고 있을 그 친구를 상상하며 미소를 보낸다.

지금은 금전적인 숫자가 나타내는 것들보다는 의미가 담긴 물건들이 좋아진다. 책, 사진, 편지, 수첩, 향기, 그렇게 지난 물건들에서 위로를 받을 때가 많다. 주위에 이런 물건들을 찾아 추억 여행을 떠나보는 것도 세월이 주는 선물 같다. 오래전 나를 만날 수 있는 것들.

당장 그런 것들이 떠오르지 않아도 괜찮다. 지금부터 주위의 물건이든 사람들과의 인연이든 소소한 것을 소중히 여기다 보면 나중에 나에게 큰 선물이 될 것이다. 앞으로 30년 후를 생각하며 오늘도 일기를 써야겠다. 작고 소소한 행복 속에 하루하루를 보내고 있다고.

쓸모를 넘어
마음을 남기는 순간들

김진영

모든 것은 반드시 쓸모가 있다. 또 어떠한 물건은 단순한 '쓸모'를 넘어 우리에게 특별한 감정을 남긴다.

『가끔씩 비 오는 날』이라는 '이가을' 작가님의 동화를 좋아한다. 작은 방 창가 바로 밑에 박혀 있는 콘크리트 못은 여기저기 박혀 있는 쓸모 있는 동료들에게 쓸모없는 못이라며 늘 무시를 당한다. 뽑아버려야 한다는 심한 말도 듣지만, 누군가 무엇에 쓰려고 박았을 것이고, 언젠가는 또 다른 누군가가 나를 쓸모 있게 할지도 모른다 생각하며 하루하루를 견뎌낸다. 어느 날, 새 주인이 이사를 왔는데, 가끔씩 비 오는 날이면 화초 '초록이'를 쓸모없는 못에 걸어서 마음껏 비를 맞추며 즐거워했다. 쓸모없던 못이 새 주인 덕분에 가끔씩 비 오는 날마다 쓸모 있어지는 순간 느꼈던 행복이 독자인 나에게도 고스란히 전해졌다. 쓸모 있는 것이 된다는 것이 얼마나 가슴 벅찬 일인지 '쓸모없는 못'을 통해 깨닫게 되었다.

사람도 물건도 쓸모 있게 쓰였을 때 빛이 난다. 시계 속에 들어 있는 작은 톱니바퀴부터 커다란 비행기를 떠받치는 바퀴까지 각자의 자리에서 각자의 쓸모를 해내는 일은 몹시 중요하다. 그런 의미에서 오래도록 나와 함께했던 자신의 쓸모를 다한 작은 몽당연필은 나에게 행복을 준다.

책으로 둘러싸인 나의 일터 선반 한 켠에는 긴 유리병이 있다. 그 유리병에 가득 담긴 더 이상 쓸 수 없게 된 작은 몽당연필들은 나에게 수많은 이야기를 들려준다. 쓸모를 다했다고 그냥 버리기엔 그 과정들이 너무 소중해 하나, 둘 모아놓은 것이다. 이 세상 모든 몽당연필을 생각해 보라. 쓰이고 깎이는 과정 안에서 이곳저곳에 얼마나 많은 흔적을 남겼을까. 누군가에게 영원히 간직될 손 편지 속 흔적일 수도 있고, 미래를 준비하며 열심히 공부하는 수험생의 연습장 속 흔적일 수도 있다. 잘못 썼다는 이유로 무참히 지워지는 날도 부지기수였을 것이다. 그렇기에 쓸모를 다한 몽당연필은 특별하고 아름답다.

바삐 오가는 와중에 한 번씩 내 눈에 들어오는 몽당연필들은 '그래, 잘하고 있어.'라며 무언의 칭찬을 보내는 것 같은 기분이 들어 일하는 나를 춤추게 한다. 누군가에게는 쓸모 다한 몽당연필일 뿐이지만, 나를 춤추게 하는 행복인 것처럼 모든 것들은 각자의 쓸모와 의미를 지니고 있다.

『가끔씩 비 오는 날』 속 새 주인 같은 사람이 되기를 희망한다. 나를 둘러싼 모든 사물을 단순하게 쓸모 있음과 쓸모없음으로 구분하기는 어렵지만 누군가에게는 하찮은 것이라도 또 다른 누군가에겐 귀하게 쓰일 수 있다. 쓸모없어 보이는 것을 나름의 방법으로 쓸모를 찾아 주는 사람, 나와 만나는 사람들의 쓸모를 발견해 주고 그런 눈으로 주변을 바라볼 수 있도록 넛지를 가하는 사람이 되기를 희망한다.

"가끔씩 비 오는 날 쓸모가 있는 못이 되니 나는 아주 행복합니다.

언제나 쓸모 있는 못이 모르는 행복입니다."

김치찌개 VS 된장찌개.

대한민국 밥상 위에 국물이 빠질 수 없다면, 가장 먼저 떠오르는 두 가지! 바로 된장찌개와 김치찌개이다. 누군가는 구수한 된장찌개의 깊은 맛을, 또 누군가는 칼칼한 김치찌개의 개운함을 더 좋아할 것이다. 둘 중 하나만 죽을 때까지 먹을 수 있다면 난 단언컨대 된장찌개다.

뚝배기에 담겨 보글보글 노래를 하는 된장찌개는 나에게 행복을 준다. 우리 엄마의 된장찌개는 단연 최고다. 아빠가 제일 좋아하시던 음식이 된장찌개이다 보니 거짓말 살짝 보태면 매일 한 번은 꼭 끓였다고 해도 과언이 아니다. 처음부터 된장찌개를 좋아하지는 않았다. 매일매일 올라오니 어쩔 수 없이 좋아하게 된 것인지도 모르겠다.

마른 멸치를 볶아 육수를 낸 물에 집된장을 풀고 감자와 호박, 무를 큼직하게 썰어 넣어 팔팔 끓인다. 고춧가루, 송송 썬은 파 그리고 하얀 두부를 가득 넣어 또 한 번 끓이면 완성. 이론은 완벽하지만 절대 엄마 된장찌개의 맛은 따라갈 수가 없다. 여느 된장찌개들과 달리 콩이 가득 들어 있어 콩을 골라 먹는 재미도 쏠쏠하고, 밀가루를 살짝 넣어 빡빡해진 국물에 밥을 비벼 먹으면 다른 산해진미가 필요 없다. "엄마 밥은 세상 어디에도 없어." 드라마 〈응답하라 1988〉에서 덕선이가 엄마에게 했던 이 말처럼, 엄마의 된장찌개는 세상 어디에도 없는 맛이었다. 단순한 재료 속에 엄마의 하루와 사랑이 다 녹아 있었다.

'마처세대'를 아는가? 부모를 부양하는 마지막 세대이자 자녀에게 부양받지 못하는 처음 세대라는 뜻이다. 바로 지금 우리 부모님 세대. 전쟁을 겪으며 너도나도 어렵던 시절에 태어나 뒤도 돌아보지 않고 열심히 살았으며 부모님을 모시는 것은 당연한 자식의 의무라 여기며 부양에 최선을 다했다. 부모뿐이랴. 자식들을 위해 자신은 돌보지도 못하고 밤낮으로 일하며 열심히 살았을 뿐인데 어느새 늙었고, 자식들은 스스로 혼자 큰 마냥 부모들은 나 몰라라 한다. 나 또한 다르지 않다. 치매에 걸린 할머니를 오랫동안 돌보는 것을 옆에서 보았고, 삼 남매를 키우느라 밤잠을 줄여 가며 일하시는 모습도 보았다. 하지만 '내리사랑'이라 하지 않았던가. 부모님은 늘 뒷전이다. '마처세대'라는 용어가 씁쓸하고 불편하지만 부정할 수는 없기에 마음 한구석이 무겁다.

나에게 보글보글 된장찌개가 행복을 주는 이유는 그 안에 부모님이 고스란히 들어 있기 때문이다. 기쁜 날도, 슬픈 날도, 행복한 날도, 힘든 날도 늘 뚝배기에 담겨 밥상에 올라왔던 보글보글 된장찌개처럼 내 옆에 부모님이,

부모님 옆에 내가 늘 있을 수 있으면 좋겠다. 시간이 흘러 이별하게 되더라도 구수한 된장찌개 냄새에 부모님을 떠올린다면 자주자주 생각할 수 있지 않을까.

글을 쓰는 지금, 4D 영화를 보고 있는 듯 보글보글 소리가, 구수한 냄새가 침을 꼴깍 삼키게 한다.

"딸, 밥 먹자!" 보글보글 끓는 소리 사이 다정한 엄마 목소리와 함께.

우리 책나무 친구들이 "선생님은 뭘 좋아해요?"라고 물을 때가 종종 있다. 그럴 때면,

"음, 일단 책 좋아하고 또…. 커피 좋아하고 캠핑 좋아해. 그래서, 캠핑 가서 커피 마시며 책을 읽는 순간이 가장 좋더라~!"라고 대답한다.

16년 전 대출받은 5,000만 원으로 오피스텔에 전세 살던 신혼 때에, 제주도로 여름휴가를 가자 계획했던 적이 있었다. 준비하다 보니 우리가 가기엔 너무 비싸서 그러면 그 돈으로 차라리 텐트를 사자 한 것이 우리 캠핑의 시작이었다. 홈플러스에서 산 듣보잡 텐트를 치고, 생애 첫 내 집 마련이라 둘이 깔깔거리며 맥주를 들이켰던 기억이 지금도 생생하다. 열심히 살아오는 동안, 식구도 많이 늘고 다행히 살림도 좀 폈다. 그래서 캠핑을 즐기는 가족을 위해, 오랜 시간 신랑의 장바구니에만 담겨 있던 '카라반'을 얼마 전 큰맘 먹고 구매했다. 우리 가족의 성장과 함께한 시간이 카라반과 연결되는 순간이었다. 한때 장바구니 속 '위시리스트'에만 있던 카라반을 직접 소유하게

되면서, 이제는 내가 꿈꾸던 행복을 현실로 만들 수 있게 되었다. 카라반은 가족과 함께하는 시간을 더욱 특별하게 만들어 준다. 아이들이 뛰어놀고, 커피 한 잔을 손에 들고 책을 읽으며 바깥 풍경을 바라보는 순간, 나는 진정한 행복을 느낀다. 그것은 단순한 캠핑이 아니라, 소중한 사람들과 함께하는 삶의 방식이자, 나만의 작은 세계를 만들어 가는 과정이다.

한때는 쓸모를 다했다고 여겼던 물건들이, 어느 순간 소중한 추억을 담은 보물이 되듯, 엄마의 된장찌개 한 그릇이 시간이 지나 내 마음속 가장 그리운 향기가 되듯, 어렵게 마련한 카라반 속에서 아이들과 함께 웃는 지금 이 순간들이 바로 나를 살게 하는 힘이다. 버려야 할 것 같던 것들도, 식탁 위 평범한 한 끼도, 꿈꾸던 작은 공간 하나도, 사랑하는 사람들과 함께할 때 그 가치는 빛이 난다. 삶에서 정말 소중한 것은 단순한 물건이 아니라, 그 안에 담긴 이야기와 감정이다.

행복은 크고 특별한 것이 아니라, 지금 내 곁에 있는 작고 소중한 것들 속에서 발견할 수 있는 것이다. 몽당연필은 언젠가 다 닳고, 된장찌개는 한 끼 식사로 끝나지만, 그것들이 남긴 따뜻한 기억과 감정은 오래도록 우리를 행복하게 해 준다.

결국, 나를 행복하게 하는 것은 '무엇을 가졌느냐'가 아니라 '그것을 통해 무엇을 느끼느냐'가 아닐까. 멀리 가지 않아도 된다. 내 곁의 소소한 일상 안에서, 나는 충분히 행복할 수 있다.

휘파람을 불자

박해영

고등학교 때 내 보물 1호는 내가 직접 꾸민 문집이었다. 하얀 백지 위에 색연필이나 파스텔로 그림도 그리고 책에서 읽은 감동적인 문구를 필사하거나 짧은 감상을 적었다. 또 직접 지은 시를 예쁘게 꾸며 적거나 일기를 쓰기도 했다. 그때는 그 문집을 꾸밀 때가 가장 행복한 시간이었다. 지금 나의 보물 1호는 뭘까? 나를 행복하게 하는 것에는 무엇이 있는지 생각해 보자. 바쁘고 힘든 일상에서 나를 웃게 하는 것. 매일 똑같은 일상이지만 그 일상에서 반짝이는 보석처럼 나를 행복하게 하는 비밀 병기 하나쯤은 가슴에 품고 살자.

나의 스무 살은 한 권의 시집이었다. 어디서 샀는지, 누구한테 받았는지도 모르는 손바닥 만한 미니 시집. 그 시집 안에 우리나라 시는 물론 외국의 유명한 시들이 100편 가까이 실려 있었다. 작지만 두께가 제법 있는 시집이었는데 시가 실린 페이지마다 시에 어울리는 삽화도 그려져 있었다. 작아서 들고 다니기 편했기 때문일까? 스무 살 내내 그 시집은 나의 가방이나 주머니 혹은 손에 늘 들려있었다.

길을 걸으면서도, 친구를 기다릴 때도, 버스 안에서도, 틈만 나면 시를 읽었다. 읽고 읽고 또 읽다가 아예 외우기로 작정하고 좋아하는 시부터 하나하나 외워나가기 시작했다. 시를 외우면서 예쁜 시어와, 함축적인 표현과 아름다운 문장에 감탄하지 않을 수 없었다. 시어 하나에 꽂히면 그 시어 하나만 읊조리며 30분을 걷기도 했다. 버스에서 내려 집으로 가는 30분이 너무 행복했다. 파란 하늘도 보고, 가을걷이가 끝난 텅 빈 들판도 보고, 귓가를 속살거리며 스쳐 지나는 바람도 느끼며 걷는 그 길이 시화처럼 아름다웠다.

아름다운 시어를 따라 결계를 넘어 또 다른 세상 속으로 걸어 들어가는 기분. 나는 시 속 화자가 되어 눈물 아롱아롱 피리 불고 가신 님을 그리워하기도 하고(서정주 – 「귀촉도」), 불러도 주인 없는 이름을 부르는 처절한 설움을 맛보기도 한다(김소월 – 「초혼」). 꽁꽁 얼어 버린 '너'의 마음에 돌을 던지기도 하고(나희덕 – 「천장호에서」) 사랑하는 사람을 기다리며 행복해하기도 한다(황지우 – 「너를 기다리는 동안」). 또 어린 눈발을 받으려고 살얼음을 까는 겨울 강이 되기도 한다(안도현 – 「겨울 강가에서」). 시를 외우며 시 속 화자가 느끼는 마음의 결을 타고 나도 슬프고 애절한 마음이 된다.

서정주의 「귀촉도」와 김소월의 「초혼」을 외우다가 그 절절함에 눈물이 나기도 하고, 노래를 부르는 듯한 7 · 5조 가락에 한껏 매료됐다. 나희덕의 「천 장호에서」를 외울 때는 마음이 쓸쓸하고 먹먹해졌고, 황지우의 「너를 기다 리는 동안」이나 유치환의 「행복」을 외울 때는 사랑을 받는 것도 좋지만 내가 더 많이 사랑하는 사람이 되어야겠다는 다짐을 했다. 이형기의 「낙화」와 푸 쉬킨의 「삶」을 외울 때는 인생이나 삶에 통달한 것 같은 기분이 들기도 했다.

그때 외웠던 기억이 조금은 남아 있는지 지금도 제목만 들으면 첫 구절이 자동 재생된다. 그때만큼의 절절함은 아니지만 그때 외웠던 시를 만나면 그 시절의 마음이 다시 떠오르기도 한다. 하지만, 지금 나한테 그 시집은 없다. 어디서 샀는지 누구한테 받았는지도 모르면서 갑자기 매일 들고 다녔던 것 처럼, 언제 어디서 잃어버렸는지 모르게 감쪽같이 사라졌다. 하도 많이 넘 기다 보니 표지는 떨어져 나가고 제본한 부분이 반으로 잘렸다가 그 반이 다 시 반으로 잘려 테이프를 덕지덕지 붙인 채 너덜너덜해지도록 들고 다녔는 데 언젠가부터 보이지 않았다. 어디를 가든 언제나 들고 다녔기 때문에 어디 서 잃어버렸는지 알 수도 없었다. 찾기를 작정하고 며칠 동안 집안을 샅샅이 뒤졌지만 결국 찾지 못했다. 그 비슷한 시집을 사려고 서점을 여기저기 돌아 다녀 봤지만 그 시집을 대체할 만한 마땅한 시집을 구할 수 없었다.

잃어버린 그 시집 탓일까? 내가 시와 멀어진 건. 시어 하나에도 감탄하 던, 좋은 시를 만나면 가슴이 두근거리던 스무 살의 나는 어디로 갔을까? 스무 살의 나를 설레게 하던 그 '시'들은 다 어디로 갔을까?

아내가 되고 엄마가 되면서 내가 무얼 좋아하는지, 나는 무얼 할 때 행복한지에 대해 생각해 본 적이 별로 없는 것 같다. 나보다는 남편과 아이들의 입맛에 맞추고 내 시간보다 가족들의 시간을 우선으로 살았다. 나의 색깔과 취향을 잊고 산 지 오래다.

"행복하기 때문에 휘파람을 부는 것이 아니라 휘파람을 불기 때문에 행복한 것이다."

한창 시를 외우고 다닐 때 좋아했던 문장이다. 그때는 긍정적인 사고가 긍정적 결과를 가져온다는 의미로 받아들이고 막연히 긍정적으로 살아야겠다고 생각했다. 하지만 얼마 전 다시 이 글을 접했을 때는 그런 의미보다 '행복해지기 위해서는 휘파람을 불어야 하는구나. 행복해지려면 노력해야 하는구나.'라는 생각이 들었다.

나는 사랑 표현에 서툴고, 기념일도 잘 못 챙기는 편이다. 그래서 충분히 잡을 수 있는 행복의 순간들도 많이 놓치고 산다. '생일에는 케이크만 하나 있으면 그만이고 굳이 원하지도 않는 생일 선물을 받을 바에야 현금이 낫지.'라고 생각하는 실리주의자. 낭만을 잃어버리고 산 지 이미 오래다. 그런데 인스타를 보면 행복한 순간을 포착하기 위한 사람들의 정성과 노력에 감탄할 때가 많다. 대충 차려낸 밥상이 아니라 테이블보 위에 격식을 차린 식기류에 담긴 먹음직스러운 음식들, 세상에 저런 곳이 있을까 싶을 만큼 그림처럼 멋진 풍경들, 한껏 멋을 낸 차림으로 모델 같은 포즈를 취하고 찍은 사람들. 그 사진들 속에서 소중한 진심이 느껴진다. 이 순간을 기념하고, 이 순간의 행복을 충분히 느끼고 싶은 진심. 그들은 자신이 언제 행복을 느끼는지 아는, 자신의 감정에 충실한 사람들 같다. 내 안의 파랑새를 가꿀 줄 아는 사람들.『파랑새』에 나오는 치르치르와 미치르처럼 멀리 행복을 찾아 떠나는 게 아니라 내 옆에 있는 행복을 누릴 줄 아는 현명한 사람들이다.

이제, 나도 나의 행복을 위해 휘파람을 불어야겠다. 내가 무얼 좋아하는지, 무얼 할 때 행복한지 생각해 보고 행복해지기 위한 작은 행동들을 시작해야겠다. 먼저, 잃어버린 '시'를 찾아야겠다. 오랫동안 먼지를 뒤집어쓰고 꽂혀 있던 시집들부터 꺼내고, 그 속에 움츠려 있던 시어와 문장을 만나, 뒤로 미루기만 했던 나의 소소한 행복들을 다시 깨워야겠다.

바쁜 일상 속에서 '나'를 잊고 살고 있지는 않나 생각해 보고 작지만 나를 행복하게 하는 것, 내가 좋아하는 것 하나쯤은 챙기며 살자. 잃어버린 나의 시집처럼, 나를 설레게 하던 무언가를 다시 떠올려 보자. 아무리 작은 행복이라 할지라도 아무 노력도 하지 않고 가만히 있으면 찾아오지 않는다. 시를 외워도 좋고 책을 읽거나 영화를 보거나 음악을 들어도 좋다. 작은 일에도 자주 웃고, 자주 행복을 느끼기 위해 무엇이든 하자. 행복을 위해 휘파람을 불자.

첫사랑

변상진

출장 가는 길이다. 덜컹덜컹 흔들흔들, 집중을 전혀 할 수 없는 객차에서도 나는 공상에 빠져있다. 마주 보고 앉은 낯선 이의 키보드 소리가 들리지 않고 옆에 앉은 특유의 아저씨 냄새도 무취가 될 수 있는 이유는 노이즈캔슬링 이어폰으로 들려오는 쇼팽의 피아노 소리 때문이다. 집중이 필요한 시간, 머릿속이 너무 복잡해서 생각을 비우고 싶은 시간, 오늘 본 영화의 장면이 사라지지 않아 기억하고 싶은 시간, 분주히 청소하는 시간, 친구와 차를 마시거나 술 한잔하며 떠들썩한 그 시간에도 내 귀에는 음악이 들려온다. 나는 장소의 기억, 만난 사람, 했던 행위들, 지난 추억들을 그 시점에 들렸던(혹은 들었던) 음악으로 기억하는 편이다. 그날, 그 시점의 앞뒤 정황은 자세히 기억나지 않지만, 특정 음악을 들으면 지난 나의 감정이 떠오른다. 첫사랑처럼 말이다.

나의 첫 음악의 기억은 5~6살쯤의 들었던 이름 모를 라틴음악이었다. 아빠가 즐겨듣던 연주곡이었는데 남아메리카의 정취를 느낄 수 있었고, 토착민의 전통음악 같기도 했다. 아빠의 산요 오디오에서 들렸던 그 음악의 흔적이 아직도 희미하게 남아 있다. 제목도, 음악가도 누구인지 모르는, 멜로디도 이젠 희미해져 버린, 이건 무슨 악기냐, 왜 노래하는 사람이 없냐, 제목은 뭐냐 등등을 아빠께 물어보며 재잘거렸던 기억으로 말이다. 비록 지금의 아빠는 어느 순간부터 음악을 가까이하지 않지만, 옅게나마 남아 있는 아빠와의 어린 시절은 음악이 항상 함께하고 있다.

시골에서의 여름방학은 지루하기 짝이 없다. 뜨겁고 무더운 날씨 탓에 같이 놀 친구도 없었고, 도시 아이들처럼 학원 다니느라 바쁜 것도 아니었다. 그저 그 시간을 버텨내는 수밖에 없다. 그래서였을까? 나는 긴 여름방학과 그보다 더 긴 여름의 많은 밤을 음악을 들으며 보냈다. Ace of Base의 〈The Sign〉이 온 집안을 가득 채울 때쯤 앞집 아줌마의 잔소리가 드럼 소리 사이로 비집고 들어오고, 여름밤 풀벌레 소리와 마왕(신해철)의 목소리로 열대야를 보내기도 했다. 학창 시절 여러 해 여름을 그렇게 보내며 음악은 내 삶에 더 깊숙이 파고들었다.

중학교 1학년 봄이었다. 중학교라는 낯선 공간이 나를 긴장하게 했다. 사춘기에 막 접어든 나는, 스산한 바람 소리에도 우울했고, 떨어지는 낙엽에도 눈물이 떨어지던 감수성 충만한 시기였다. 하루는 언니 몰래 예비 형부가 사준 워크맨으로 비틀즈의 음악을 들으며 옆 반 친구를 기다리고 있었다. 나도 모를 눈물이 찔끔 나와 버렸다. 무슨 이유였는지는 아직도 모른다. 그때 3학년 선배가 다가왔다. 친구의 누나로 키가 작고, 얼굴이 하얗고 부드러운 목소리를 지닌 상냥한 언니였다. 무슨 말을 했는지 정확히 기억나진 않지만, 괜찮냐는 물음에 부끄러워 괜찮다고 얼버무렸다. 그 이후 그 언니와의 사적인 관계로 이어지진 않았지만, 비틀즈의 음악을 들을 때면 그날의 봄 내음과 풋풋함, 그리고 그 선배가 생각난다.

나도 첫사랑이라는 것을 했다. 첫 남자 친구가 아닌 첫사랑. 사랑이 무엇으로 정의되어 구분될 수 있는지는 모르지만, 온 마음이, 모든 시간이 그 사람에게 향해있었다. 그래서 난 그를 나의 첫사랑이라고 부른다. 우리가 가까워질 수 있던 계기도 음악이었다. 그는 노래 부르는 걸 좋아했고, 나는 듣는 걸 좋아했다. 그와의 음악관은 달랐지만 많은 시간을 음악 이야기로 보냈다. 한창 록 음악에 빠져있던 나였지만 사랑이라는 걸 하면서 몽글몽글한 사랑과 헤어짐에 대한 가사에 집중한 음악을 많이 들었었다. 지금은 그와의 시간이 추억이 되었지만, 아직도 이소라의 음악을 들으면 그가 생각난다. 이소라의 가사는 나의 첫사랑 이야기 같아서….

그리고 어쩌면, 아마도, 나의 진짜 첫사랑은 음악이 아닐까? 생각한다. 나의 머리와 마음속으로 자꾸만 파고들며 영역을 넓혀가던 음악.

⟨Honey honey how he thrills me ah-ha honey honey~⟩

오랜만에 대청소를 했다. 날씨까지 너무 좋아 기분이 좋아진 4월이었다. 나는 청소기를 막 꺼냈고, 아이들은 거울과 유리창을 닦기 시작했다. 뭔가 허전한 생각을 하고 있던 찰나, 둘째가 엄마 맘마미아~ 한다. 며칠 전 우리는 〈맘마미아〉 영화를 본 터였다. 역시 음악이 빠졌다. 재치꾼 우리 둘째 딸이다. 창문은 한껏 열어젖혔지만, 개의치 않고 맘마미아 OST를 크게 재생시키고 청소를 시작했다. 청소를 하는 건지 춤을 추는 건지 노는 건지 모를 모습으로 또 다른 맘마미아를 찍었다. 유쾌한 청소 시간이었다. 가끔 그 OST를 듣게 되면, 아이들도 지난 청소하던 날을 떠올리며 한참을 웃으며 이야기한다. 첫째가 얘기했다. "아빠 진짜 노래 못해!"

나를 행복하게 만드는 그 어떤 것은 무엇일까? 한참을 고민했지만, 쉽사리 떠오르지 않았다. 그러다 문득 '나에겐 찐 첫사랑, 음악이 그 어떤 것이 아닐까?'라는 생각이 들었다. 장기기억 속에 묻혀 있던 지난 추억들을 소환하게 만들고, 소중한 사람도 떠올리게 한다. 지친 나를 일으켜 주기도 하며 고요하고도 흥분케 하고, 잔잔한 미소를 짓게 만드는 그것이 나에게 행복을 가져다주는 그것이 아닐까? 그러고 보니 음악은 여전히 하루의 시작과 끝을 함께하고 있으며, 즐거울 때나 슬플 때나 공기처럼 항상 함께 있어 의식하지 못했다.

누구에게나 자신을 행복의 순간으로 빠져들게 하는 그 어떤 것이 있을 것이다. 크기도 재질도 어떤 꼴을 하든 아무 상관이 없다. 소소한 몸짓, 발짓

이어도 괜찮다. 아직 그것이 무엇인지 찾지 못했다면 곰곰이 생각해 보길 바란다. 그동안 너무나도 사소해서 의식하지 못했을 수도 있다. 하지만 늘 함께하고 있거나 우울하고 힘겨울 때 떠오르는 무언가가 있다면, 나도 모를 미소 짓게 만든다면 나를 행복하게 만드는 그 어떤 것이 아닐까? 지금이라도 발견하게 된다면 내 삶의 소소한 즐거움이 될 수 있을 것이다.

영화를 보고 나오던 늦은 밤, 영화의 여운이 가시지 않았다. 새벽 시간 텅 빈 도로에서 창문을 활짝 열고 듣는 메인 테마 곡. 그렇게 그날은 나의 찐 첫사랑과 함께 바람을 가르며 나만의 영화를 찍었다.

뜬금없지만, 수많은 음악가에게 감사의 마음을 전하고 싶다. 당신들의 애정과 고뇌의 시간으로 나는 오늘 행복의 미소로 하루를 마무리하고 있다고 말이다. 당신들의 시간을 잊지 않고 소중히 간직하겠다고….
당신에겐 첫사랑처럼 소중하고 행복한 그것은 무엇인가?

퐁당한 잠옷이 주는 촉감

안여진

내가 사랑하는 물건은 거창하지 않다. 화려한 장식도, 값비싼 이름표도 없다. 이 잠옷은 마치 오래된 친구처럼, 내 모든 모난 구석을 말없이 품어준다. 그저 오래된 친구처럼, 내 모든 구석을 말없이 품어주는 퐁당한 잠옷 한 벌. 어떤 물건은 단순한 소유를 넘어 마음의 안식처가 된다. 내게 그런 물건은 친구의 어머니가 손수 만든 잠옷이다. 처음 이 잠옷을 입게 된 건 대학 친구네 놀러 갔을 때 빌려 입은 친구 잠옷에서 시작되었다. 이 퐁당한 잠옷은 화려한 장식이 없고, 최신 유행을 따르지도 않는다. 하지만 그 소박함 속에 깃든 따뜻함과 정성은 세상 어떤 물건보다 귀하다. 오히려 나를 가장 나답게 만들어 주는 동반자이다. 여행 갈 때도 빼놓지 않고 들고 가는 잠옷이다. 이 잠옷을 입지 않으면 잠이 오지 않을 것만 같기 때문이다. 익숙한 촉감, 내 몸을 알고 있는 그 편안함 때문이었다. 친구랑 웃으면서 이야기한다. (여기서 엄마는 친구 엄마를 가리킨다) "엄마가 우리 다 베리놨다. 아이가."

이 잠옷이 아니면 우린 다른 옷을 못 입는다는 소리다. 우리 집 아이들도 마찬가지다. 첫째는 촉감이 부들부들한 베개를 둘째는 어릴 때 베던 너덜너덜한 베개를 아직도 베고 잔다. 그걸 본 친구 엄마가 "아이고~ 갖다 버리라." 하며 다른 비슷한 베개를 만들어 주었는데도 아이들은 손때 묻은 그 오래된 물건에서 자기만의 위안을 찾는 듯하다. 7~8년이 다 되어 가는 잠옷도 있다. 어쩌면 나도 같은 마음인지 모른다.

잠옷을 입는 순간, 보들보들한 면 소재가 피부에 스치며 속삭이는 듯하다. 입은 것 같지 않은 가벼움, 몸을 부드럽게 감싸는 촉감은 마치 오랜 친구의 포옹 같다. 허리에 느슨하게 자리 잡은 풍당한 고무줄은 억압 없이 나를 품어준다. 느슨한 고무줄은 이 옷의 영혼 같은 존재다.

세상엔 팽팽한 것들이 너무 많다. 꽉 조이는 스케줄, 완벽해야 한다는 압박, 타인의 시선. 하지만 이 고무줄은 다르다. 살짝 늘어나고, 살짝 돌아오며, 내 몸의 움직임에 맞춰 유연하게 반응한다. 그 여유로움은 단순한 편안함을 넘어, 마음마저 느슨하게 풀어준다. 마치 삶이 꼭 치밀하게 짜여 있지 않아도 괜찮다고, 숨 쉴 공간은 언제나 있다고 말해 주는 듯하다. 삶은 너무 자주 조여온다. 시간, 일정, 기대, 비교… 하지만 이 잠옷은 아무것도 요구하지 않는다. 그저 '지금 있는 그대로의 나'만으로도 충분하다고 말해 준다.

친구의 엄마가 재봉틀로 드르륵 한 땀 한 땀 정성을 다하던 모습이 떠오른다. 그 손길에는 사랑과, 시간이, 그리고 삶의 온기가 담겨 있다. 이 잠옷은 단순한 옷이 아니라, 누군가의 마음이 깃든 선물이다. 이 풍덩한 옷을 입고 있으면, 나는 나만의 작은 행복을 발견한다. 거울 속 완벽한 모습이 아니라, 거울 밖의 진짜 나를 마주하는 기쁨. 이 옷은 나를 더 예뻐 보이게 하려는 욕심이 없다. 대신, 내가 나를 더 사랑할 수 있게 해 준다. 가슴을 조여 오는 속옷을 훌훌 벗어 버리고 잠옷 하나만 입으면 숨통이 트인다. (속옷을 입지 않아도 가슴 부분이 표시가 안 난다….) 온종일 지친 얼굴로 돌아온 저녁, 샤워를 마치고 이 잠옷을 입는 순간, 전신에 쌓였던 긴장이 스르르 녹아 내렸다. 내 안은 잠옷 덕분에 무척 따뜻했다. 그 순간은 잠옷이 주는 조용한 평온이 잊을 수 없게 했다.

가끔 예쁜 잠옷을 찾아 매장을 가거나 인터넷에서 주문한 적도 있었다. 화사한 색상과 세련된 디자인이 눈길을 끌었지만, 입어 보면 늘 어딘가 맞지 않았다. 너무 꼭 끼거나, 몸에 어색하게 달라붙는 기성복의 한계였다. 결국은 늘 이 잠옷으로 돌아오게 된다. 새 옷은 왠지 낯설고, 이 풍덩한 고무줄과 다르게 몸을 긴장하게 한다. 외출복과 달리 잠옷은 하루의 많은 시간을 함께한다. 잠을 자고, 책을 읽고, 생각에 잠기는 그 긴 시간 동안 나를 편안히 감싸줄 무언가가 필요하다. 그래서일까, 나는 점점 더 면 소재의 부드러움에 끌리고, 마음을 느슨히 놓는 시간 동안 나와 함께한다.

이 잠옷을 입을 때마다 나는 나를 돌보는 시간을 갖는다. 세상 밖으로 나서기 전, 혹은 세상과 잠시 거리를 두고 싶은 순간, 이 잠옷은 나만의 작은 성채가 되어 준다. 행복은 때로 이렇게 소박한 모습으로 찾아온다. 보들보들한 촉감 속에서, 풍덩한 허리 고무줄의 여유 속에서, 그리고 누군가의 손길이 담긴 옛 내음 속에서. 이 잠옷은 단순히 입는 옷이 아니라, 나를 행복으로 이끄는 아주 작은 안식처다.

이 잠옷을 입고 있을 때, 나는 완벽하지 않아도 충분히 괜찮은 사람이다.

물건들은 내가 진정으로 좋아하는 것에 집중할 수 있게 만들어 주며, 그 활동 자체가 나에게 행복을 가져다준다. 결론적으로, 행복하게 하는 물건들은 단순히 물리적인 존재에 그치지 않고, 나의 감정, 추억, 편안함, 그리고 건강에 영향을 미친다는 점에서 중요한 역할을 한다. 우리는 일상에서 작은 물건들을 통해 기쁨을 찾고, 행복을 느끼며 살아간다. 물건은 나의 삶을 풍요롭게 하고, 나 자신을 더욱 소중하게 여기는 방법을 알려 주는 중요한 도구이다.

세상은 날카롭고, 하루는 종종 우리를 숨 가쁘게 몰아친다. 하지만 낡은 담요 한 장, 손때 묻은 베개, 혹은 부드러운 잠옷 같은 물건은 그 소란 속에서 고요한 집이 되어 준다. 나에게는 친구의 어머니가 손수 만든 잠옷을 입는 순간, 보들보들한 면의 촉감이 피부를 어루만진다. 그 감촉은 단순한 접

촉을 넘어 마음을 달래고, 세상의 무게를 잠시 잊게 한다. 이런 물건은 우리를 판단하거나 요구하지 않는다. 그저 존재하며, 우리가 온전히 '나'로 머물 수 있는 공간을 열어 준다.

　마지막으로, 마음의 안식처가 되는 물건은 우리에게 단순함의 가치를 가르친다. 현대는 끊임없이 더 많은 것을 요구하지만, 진정한 기쁨은 종종 적은 것에서 온다. 화려한 장식이나 값비싼 브랜드가 아닌, 나와 맞닿아 편안함을 주는 물건이야말로 삶의 본질을 되새기게 한다. 풍당한 고무줄이 허리를 감싸는 잠옷은 완벽한 몸매를 요구하지 않고, 나를 있는 그대로 받아들인다. 이 단순한 수용은 나를 자유롭게 하고, 작은 것에서 기쁨을 찾는 법을 알려 준다. 행복은 이렇게 욕심을 내려놓고 지금, 이 순간을 사랑하는 마음에서 자란다.

　마음의 안식처가 되는 물건은 거대한 변화를 약속하지 않는다. 하지만 그것은 우리를 조용히 품어주고, 삶의 균열 속에서 따뜻한 빛을 비춘다. 그 빛은 평온이고, 연결이고, 단순함이다. 그리고 그 모든 것은 결국 행복이라는 이름으로 우리 곁에 머문다. 이런 물건 하나쯤, 당신 곁에도 있지 않은가? 그것을 만져 보라. 그 안에 담긴 힘은, 어쩌면 당신이 찾던 행복의 열쇠일지도 모른다.

감정에도 처방전이 필요해요

윤혜원

인생 영화, 인생 드라마 같은 용어를 많이 사용한다. 여기서 '인생'은 '인생에 있어 길이 남을 만한'이라는 뜻이다. 당신에게도 인생에 길이 남을 만한 영화나 드라마가 있는가?

우연이었다. 그날 그 영화를 본 것은.

고등학교 1학년, 찬 바람이 불기 시작하는 11월 초에 하느님은 아버지를 데려가셨다. 철이 없었던 건지 실감이 나지 않았던 건지, 아니면 오랜 병세 때문에 미리 마음의 준비를 했던 건지. 아버지를 선산에 묻고 온 날 저녁, 나와 동생들은 코미디 프로그램을 보고 웃음을 터트렸다. 아버지의 죽음이 아픔으로 느껴진 건 그날로부터 10년쯤 지난 어느 날 '문득'이었다. 말 그대로 문득. 아무 일도 일어나지 않은 하루였다. 친구들과 술자리를 가지고 집으로 돌아와 잠자리에 누웠다. 문득 친구가 스치듯 한 말이 떠올랐다. "내일

백화점 가야 해. 아빠 생신 선물 사러." 술기운 탓이었을까. 아빠 생각이 났다. '내가 생신 선물을 사드린 적이 있었나?'하는 생각이 들었다. 그러더니 머릿속에서 연쇄반응이 일어났다. 아빠가 돌아가시던 날 아침, 누워계신 아빠의 머리맡에서 거울을 보며 머리를 묶고 있는 나를 올려다보던 아빠의 눈빛도 생각이 났다. 거울에 비친 그 모습을 보고도 못 본 척 방을 나와버린 성질 고약한 딸의 모습도 떠올랐다. 베개를 흠뻑 적셨다. 눈이 부어서 잘 떠지지 않았지만 기분 전환을 하고 싶어 컴퓨터를 켰다. 웹 서핑으로 잡생각을 떨쳐 버리고 싶기도 했다. '영화나 볼까?' 하는 생각에 영화 다운로드 사이트에서 영화목록을 뒤적였다. 그러다 눈에 들어온 제목하나. '어? 이거 내가 어릴 때 재미있게 읽었던 책인데.' 퉁퉁 부은 눈으로 웃으며 영화를 봤다. 언제 울었나 싶게 기분이 말끔해졌다. 그날부터였다. 기분이 울적하거나 속상한 일이 생겼을 때, 기분 전환을 위한 나의 처방전. 영화 〈찰리와 초콜릿 공장〉.

이 영화는 가난한 소년 찰리 버킷이 세계에서 가장 신비롭고 독특한 초콜릿 공장을 탐험하며 벌어지는 이야기를 그린 영화이다. 영화를 보는 내내 동화 속 세계를 탐험하는 듯한 착각이 들 정도였다. 주인공을 제외한 다른 등장인물들의 욕심 가득한 태도와 그로 인해 그들이 겪는 말도 안 되는 상황이 웃음을 주었다. 또 가난하지만 겸손하고 긍정적인 주인공이 성공을 거두는 모습에서 착한 마음이 행복을 준다는 깨달음도 얻었다. 영화를 다 보고 난 후 울적했던 기분은 온데간데없고 따뜻한 감동만이 남아 작은 행복감을 느끼게 해 주었다. 지금은 감정 전환을 위한 처방전 목록에 이 영화 외에도 몇 작품이 더 올라와 있다. 모두 나의 감정을 지하에서 지상으로 끌어 올리는데 그만이다.

사람은 감정의 동물이다. 감정이라는 녀석은 한순간에 나를 지옥으로 보내버리기도 한다. 반면 한순간에 천국을 맛보게도 한다. 부정적인 감정이 꼭 나쁜 것만은 아니다. 하지만 감정이라는 공간에 먹구름이 잔뜩 끼었을 때 모르는 척 내버려 두면 먹구름은 더 짙어지고 짙어져 비를 뿌리게 된다. 나쁘지 않다고 더 깊어지게 둘 필요는 없다. 부정적인 감정을 극복하는 것은 이를 억누르거나 무시하는 것이 아니라, 스스로 인식하고 긍정적인 변화를 위해 노력하는 것이다. 이는 삶을 행복하고 충만하게 만드는 데 중요한 과정이다.

행복을 주는 물건은 부정적인 감정을 극복하는 데 효과적이다. 그리고 긍정적인 기억과 감정을 자극한다. 예쁜 디자인의 소품이나 취향에 꼭 맞는 물건은 기분 전환에 아주 그만이다. 굳이 소유하지 않고도 잠시 눈으로 소유하는 것만으로도 충분하다. 특정 커피 브랜드의 에스프레소 잔을 여행 때마다 사 모은 적이 있다. 커피잔을 볼 때마다 여행지에서의 추억을 떠올리는 재미가 쏠쏠하다. 자신이 열심히 노력해서 얻은 물건은 성취감과 자부심을 느끼게 한다. 그리고 더 열심히 살아가야 할 동기 부여가 되기도 한다. 일상에서 작은 기쁨을 선사하는 물건도 있다. 내 손에 꼭 맞춘 듯한 샤프가 있다. 그 샤프로 글을 쓰면 괜시리 더 술술 써지는 것 같은 기분이 든다. 이러한 물건이 주는 긍정의 기운이 행복이 된다. 언제든 꺼내서 보고 사용하기만 해도 행복을 주는, 부정적 감정을 극복하는 처방전인 셈이다.

대학교를 졸업하고 모두가 취업전선에 뛰어든 시기. 공무원 시험을 준비하기로 했다. 하지만 공부에만 전념할 수는 없었다. 학자금 대출은 원금을 갚기 시작했고, 용돈벌이도 해야만 했다. 낮에는 마트 캐셔로, 늦은 오후에는 학원에서 아이들을 가르치며 틈틈이 공부했다. 미래는 불안했고 현재는 고되었다. 어느 날 문제집을 사기 위해 서점에 들렀다. 서점 안을 걷는데 예쁜 삽화가 그려진 책이 눈에 들어왔다. 중학교 시절 읽어 본『어린 왕자』,『피노키오』그리고 더 어린 국민학교 시절에 만화로 접했던『빨간 머리 앤』이었다. 예쁜 그림에 반해 덜렁 세 권을 사버렸다. 그 책은 지금도 내 책장 한 칸을 차지하고 있다. 그중 너덜너덜해질 정도로 읽은 책이『빨간 머리 앤』이다. 어린 시절에 만난 앤은 단순히 명랑하고 밝은 소녀이기만 했다. 하지만 어른이 되고 만난 앤은 밝은 명랑함에 지혜와 통찰력, 사물을 보는 독특한 시선까지 겸비한 소녀였다. 앤은 고아로서 어려운 환경에서 자랐지만, 항상 긍정적인 태도로 삶을 대한다. '생각대로 되지 않는 세상'에서도 기쁨을 찾고, 작은 행복도 소중히 여긴다. 평범한 사물에서도 아름다움을 찾아내는 그녀의 상상력은 자신의 삶을 더 아름답게 만들었다.

1년 365일 자신감에 가득 차 있는 사람은 드물다. 잘 해낼 수 있을 것 같았던 일도 예상하지 못한 장애물을 만나면 다 망쳐 버릴 것 같은 생각에 사로잡히곤 한다. 그럴 때면 자신감도 바닥을 드러낸다. 지금이다. 앤이 건네는 아름다운 희망의 메시지가 필요한 때. 지금도 용기가 필요할 때나 자신감이 필요할 때면 나는 앤에게 조언을 구한다. 앤을 만나 대화를 나누면 희망이라는 태양이 반짝하고 떠오른다. 사고의 전환을 도와주고 건강한 생각을 하도록 도와주는 물건이다. 행복은 내면에서 출발한다. 즉 마음가짐의 문제이다. '예쁘지는 않지만 사랑스러운 빨간 머리 앤'은 나의 내면을 단단하게 만들어 준다.

삶에는 많은 걸림돌이 있다. 뾰족한 돌부리에 걸려 넘어졌을 때 툴툴 털고 일어나 상처를 닦아 내는 데는 용기가 필요하다. 건강한 내면은 툴툴 털고 일어나는 힘인 회복 탄력성을 키운다. 탄성체는 탄성을 이용하여 원래의 형태로 돌아간다. 내 마음에 탄성을 만드는 물건이 하나쯤 있다면 넘어져도 내면의 힘으로 다시 일어나 행복한 삶으로 돌아갈 수 있다.

행복을 주는 물건을 찾기 위해선 어떻게 해야 할까? 제일 중요한 것은 자신의 감정이다. 자신의 감정과 삶을 잘 살펴보고 특별한 가치를 지닌 대상들을 선택해야 한다. 행복은 사람마다 다르게 정의된다. 그래서 나만의 행복 기준을 세워보는 것이 먼저다. 그러기 위해서는 무엇이 나를 행복하게 만드는지, 행복을 느낄 때는 언제인지, 누구와 함께 할 때 가장 행복한지와 같은 질문을 자신에게 던져야 한다. 이 질문에 대한 답을 따라가다 보면 내

가 중요하게 여기는 가치가 무엇인지 발견하게 될 것이다. 어쩌면 행복을

주는 물건을 찾는 과정에서 당신은 이미 행복을 발견하게 될지도 모른다.

추억의 가치

이경주

내가 태어나고 자란 마을의 뒷동산 언저리에는 이름 모를 꽃들이 곳곳에 피어 있었다. 자주색의 진달래꽃을 본 적이 있는데 마치 물감으로 색칠해 놓은 것 마냥 쨍한 색감이 화려하다는 생각을 했다. 이름 모를 들풀도 많아서 보고 있으면 괜스레 마음이 설렜다. 그때부터 꽃을 생각하면 설레는 감정이 들었다. 예쁘고 기쁨을 주는 꽃이 참 좋았다. 꽃을 보고 있으면 '누가 이렇게 예쁘게 만들어 놓았을까?' 궁금하기도 하고 꽃마다 모양이 다른 것이 신기하기도 했다.

남편은 연애할 때 로맨틱한 이벤트를 늘 준비했다. 한번은 차 트렁크에 빨간 장미꽃 100송이를 넣어서 깜짝 선물을 해 준 적이 있다. 꽃을 통해서 나를 향한 사랑을 느낄 수 있었고 마음에 기쁨과 설렘을 가지게 되었다. 다소 서먹했던 관계에 꽃이 윤활유의 역할을 해 주었다.

아이들과 함께 꽃집에 가는 것을 좋아한다. 큰아들은 식물에 관심이 많고 둘째 딸은 튤립을 좋아한다. 작년 아들 생일날 선물을 고민하다 꽃집에 갔다. 여러 종류의 식물 중에 아들이 좋아하는 빨간색 꽃 안스리움(Anthurium)을 샀다. 이 식물은 열대식물로 콜롬비아가 주산지이며 습한 밀림 속에서 착생하는 천남성과 여러해살이 풀이다. 육수화서는 노란색이며, 꽃을 싸는 포가 변형된 불염포는 빨간색인 아름다운 꽃을 피운다. 선물 받았을 때 기뻐하는 아이들의 미소가 참 좋다. 둘째가 유치원을 졸업할 때 선생님께 예쁜 노란 튤립을 선물로 드렸다. 선생님이 너무 좋아해 주셔서 내가 오히려 감사했다. 둘째 아이가 초등학교 2학년 때 일이다. 나에게 갈 곳이 있다며 고사리 같은 손으로 내 손을 잡고 발걸음을 재촉했다. 도착한 곳은 동네에 있는 아담하고 예쁜 꽃집이었다. 다음 날은 어버이날이었다. 아이는 나에게 너무나도 예쁜 카네이션을 선물로 주었다. 행복한 마음이 가슴 가득 채워졌다. 그리고 한번은 둘째 아이와 친구 그리고 친구 엄마와 함께 칠성시장에 놀러갔었다. 시장 구경을 하고 근처 꽃집에 들어갔다. 꽃을 좋아하는 엄마를 위해 친구와 함께 꽃집에 가서 본인 용돈으로 장미꽃 10송이와 안개꽃을 사 왔었다. 꽃집 사장님은 딸의 마음이 너무 예쁘다며 가격보다 더 많은 꽃을 포장해 주었다. 친구 엄마도 아이에게 “나도 꽃 선물 받고 싶어.”라고 해서 덩달아 예쁜 꽃을 선물 받았다고 매우 좋아했다.

  꽃은 사람의 마음을 기쁘게 하고 마치 어린아이처럼 행복한 기분이 들게 하는 묘한 매력이 있다. 계절마다 다양한 꽃이 있지만 특히 나는 봄의 요정 같은 벚꽃을 참 좋아한다. 눈송이처럼 하얀색의 꽃을 볼 때마다 너무 행복해서 사진으로 담아놓는 편이다. 매년 남편이 사진기사가 되어서 예쁘게 찍어 준다. 신기하게도 남편이 찍어 줄 때 사진이 유독 잘 나오는 편이라 종종 부탁하게 된다. 꽃은 나에게 다른 어떤 것보다 더 큰 의미와 기쁨을 주는 소중한 것임을 새삼 깨닫게 된다.

초등학교 입학 전에 아빠에게 자전거 타는 법을 배웠다. 큰 운동장에서 아빠는 내가 넘어지지 않게 자전거를 잡아 주었다. 몇 번 반복한 뒤로 아빠는 슬그머니 손을 떼었고 난 혼자서 자전거를 타게 되었다. 몇 십 년이 지났지만 지금도 그때의 기억이 또렷하게 남아 있다. 자녀를 위해서 시간을 할애하고 자전거를 탈 수 있도록 가르쳐 준 아빠의 사랑이 마음 깊이 남는 시간이었다. 그 뒤론 자전거를 타고 푸른 들판도 보고 시원한 바람도 느끼면서 행복한 시간을 보냈다. 두 다리로 걸어서 이곳저곳을 보는 것보다 바람을 가르며 자전거로 구경하는 것이 한껏 기분 좋았다. 처음에 자전거를 배울 때는 미숙해서 동네 개울에 빠진 적도 많았다. 지금 생각하면 '피식' 웃음이 날 정도이다. 언니와 함께 자전거를 탄 적도 있다. 언니는 핸들을 잡았고 나는 뒷자리에 앉았다. 내리막길을 힘차게 내려갔는데 울퉁불퉁한 비포장도로에서 난 자전거에서 떨어졌고 언니는 그대로 내려갔다. 곧 언니는 내가 떨어진 것을 알고 나를 데리러 왔다. 지금까지도 그때 그 기억을 하면 재밌기도 하고 신기한 경험이여서 잊을 수가 없다. 잊지 못할 소중한 추억이다. 어른이 된 이후에 언니와 이 얘기를 했을 때 둘 다 박수치면서 그때의 기억을 떠올리며 추억에 잠기곤 한다.

자동차가 없던 우리 집에서 자전거는 중요한 교통수단이었다. 집에서 목욕탕이 있는 시내까지 자전거를 타고 갔다. 엄마는 운전을 하고 '우리 세 자매' 옹기종기 붙어서 자전거를 타고 목욕탕에 간 기억이 있다. 그때는 너무 비좁기도 하고 불편하다는 생각밖에 없었는데 지금 돌아보면 즐거운 추억이다.

어른이 된 이후에는 종종 놀러 간 곳에서 자전거를 타곤 한다. 이제는 두 명의 아이와 남편과 함께 자전거를 즐긴다.

나는 5년 전부터 감사 노트를 쓰고 있다. 일상에서의 찰나를 감사하며 당연하게 여겼던 작은 것들을 하나하나 쓰다보면 행복함이 밀려온다. 그전에는 잘 알 수 없었던 작은 것에서부터 감사하는 마음을 가지게 되었다. 오늘 하루를 살아갈 수 있는 선물 같은 귀한 시간이 감사하다. 건강하게 숨쉬고 걸을 수 있어 감사하다. 따뜻한 햇살과 시원한 비가 녹음을 푸르게 하는 자연의 섭리도 감사하다. 나와 다른 생각을 가진 사람들을 만나 화합하는 방법을 알게 하니 감사하다. 나와 가족들에게 연약한 부분을 통해 겸손한 마음을 갖게 하니 감사하다. 사람의 마음속에는 두 가지가 있다. 만족과 불만족. 상황이 좋아서가 아니라 마음속에 감사가 있을 때 그것은 만족으로 이어진다. 나 또한 그렇다. 이전과 비교했을 때 보이는 것은 크게 바뀌지 않았지만 마음속에 감사의 씨앗을 하루하루 심을 때 싹을 틔워 아름다운 열매가

맺힌다. 내 삶속에 감사의 씨앗이 아름다운 향기로운 나무라는 삶으로 나타난다.

직장이나 생활 속에서 좋지 않았던 감정들도 기록할 때가 있는데 신기하게도 글로 쓰면서 감정이 정리될 때가 꽤 많았다. 어느 정신과 의사가 얘기했던 게 기억난다. 심한 우울증 환자가 자신의 생각을 노트에 적고 병이 많이 회복되었다는 것이었다. 여러분들도 생각과 마음을 바꿀 수 있는 노트 적기를 한번 시도해 보면 좋을 것 같다.

보물찾기하듯이 삶을 돌아보고 곰곰이 생각해 보면 누구에게나 행복을 주는 물건이 있다. 그 물건을 찾아서 다시금 행복으로 연결하는 계기가 되길 원한다.

천사와 보물찾기

이은주

“오늘 하루는 별일 없이 잘 보내셨나요?”

우리는 매일 바쁘게 하루를 보내고 있다. 옆 사람을 살필 정신적 여유가 없다. 이럴수록 인간관계는 각박해질 수밖에 없다. 그래서 요즈음 사람들이 ‘아보하’를 꿈꾸고 있는지도 모른다. ‘아보하’란 ‘아주 보통의 하루’라는 뜻으로 너무 행복하지도 않고 너무 불행하지도 않은 무난한 일상에 가치를 두는 태도를 말한다. 소소하지만 확실한 행복을 뜻하는 ‘소확행’이 남에게 과시하기 위해 과하게 보여 주기 위한 행복으로 의미가 바뀌면서 새롭게 나타난 가치관이다. ‘아보하’는 남에게 과시하지 말고 본인에게 집중하는 것에 중점을 두자는 의미이다. 나 역시 이 나이가 되니 특별하고 멋진 행복보다는 평범한 하루가 주는 행복을 느낄 수 있는 삶을 살려고 노력하고 있다.

우리는 종종 특별한 순간이나 큰 성취에서만 행복을 찾으려고 한다. 남들보다 더 많은 돈을 가져야 하고 좋은 집, 좋은 차를 가져야 행복하다고 생각한다. 하지만 보통의 행복은 평범한 일상에서도 얼마든지 느낄 수 있다.

아침에 눈을 뜨고 부엌으로 나가서 커피포트에 물을 올리면서 하루가 시작된다. 따뜻한 커피가 완성되어 첫 모금을 마시는 순간 카페인으로 인해 온몸이 찌릿해짐을 느끼며 몸과 마음에 생기를 불어넣는다. 따듯한 햇살이 비치는 창밖을 바라보며 마시는 커피 한 잔이 여유롭다.

출근 후 만난 아이들은 매일 새로운 이야기들로 나를 행복하게 만들어 준다. 똑같은 수업은 하루도 없다. 아이들은 늘 나에게 새로운 이야깃거리를 제공한다. 어떤 날은 상상도 하지 못한 엉뚱한 이야기를 해서 웃음을 주고 어떤 날은 생각지도 못한 멋진 글을 써서 감동을 준다.

하루를 마무리하고 집으로 돌아와 침대에 누웠을 때 느껴지는 포근함과 안도감은 이루 말할 수 없는 행복함을 준다. 이런 소소하고 평범한 일상이 얼마나 행복한지 느껴본 사람들은 알 것이다.

머리가 복잡할 때 아무 생각도 목적지도 없이 걷는 것을 좋아한다. 걷다 보면 생각이 정리되고 마음이 가벼워지기 때문이다. 이런 걷기를 재작년 겨울 한동안은 못 한 적이 있었다. 집에서 가까운 학산에 갔다. 오랜만에 친구와 통화를 하며 걷다가 나무뿌리를 못 보고 그대로 넘어져 버렸다. 순간 다른 사람들이 볼까 봐 남사스러워서 벌떡 일어나 아프지 않은 척 걸었다. 생각보다 아프지 않은 듯해서 걷기를 마저 하고 집으로 돌아왔다. 그런데 다음 날 일어났더니 발등이 퉁퉁 붓고 걸을 때마다 통증이 왔다. 네 번째 발가락 윗부분이 붓고 멍까지 들어서 발가락이 골절된 줄 알았다. 출근이 임박해서 일단 집에 있던 압박붕대를 감고 출근을 했다. 퇴근길에 들른 정형외과 의사 선생님 말씀으로는 골절은 아니지만 무리해서 걸으면 골절이 될 수도 있다면서 반깁스를 하라고 하셨다. 그날부터 약 3달간 보조기구를 끼고 출퇴근을 했다. 몇 년째 지하철을 타고 출퇴근을 했지만, 지하철에 엘리베이터가 어디 있는지를 이번에 처음 알게 되었다. 더구나 엘리베이터 출입구가 층마다 따로 있어서 찾아서 이동하는 것이 너무 불편했다. 에스컬레이터는 또 왜 이리 자주 고장이 나는지 성질이 급해서 계단으로 걸어가게 되는 날에는 그날 밤에 허리부터 골반까지 아프지 않은 곳이 없었다. 아무래도 보조기구 때문에 불편한 자세로 걷다 보니 통증이 생긴 거 같았다. 이런 상태로 석 달 가까이 출퇴근을 하게 되니 내 발로 자유롭게 가고 싶은 곳을 걷고 뛰고 하는 일상이 행복한 일임을 깨닫게 되었다.

힌두교 전설에 행복에 관한 이야기가 있다. 이 세상이 처음 이루어졌을 때 사람에게 행복이 미리 주어져 있었다. 그런데 사람들이 멋대로 굴자 천사들이 행복을 숨기기로 했다. 천사들은 사람들의 마음속에 행복을 숨기기로 했다. 사람들은 머리가 비상하고 탐험 적이지만 자기들 마음속에 행복이 숨겨져 있는 것을 깨닫기는 어렵다고 생각했기 때문이다.

누구나 행복할 수 있다. 그런데, 자기 마음속에 있는 행복을 스스로 깨닫지 못하고 있는 것인지도 모른다. 행복을 멀리서 찾지 말자. 오늘 하루 아무 일 없이 무사히 보냈다면 그것으로 행복하다고 생각하면 된다. 천사가 내 마음속에 숨겨둔 행복이 작고 초라하다고 나만 행복하지 않다고 투덜거리지 말자.

어제 퇴근길, 하늘은 잔뜩 흐려 있었고, 온종일 비 소식이 들려왔지만 나는 깜빡하고 우산을 챙기지 않았다. 집에 다가갈 즈음, 후회가 밀려오듯 빗방울이 쏟아졌다. 그제야 남편에게 문자를 보냈다.

"우산 없어."

잠시 뒤, 지하철역 입구에 남편이 서 있었다.

그런데 손에는 우산 하나.

"왜 우산을 하나만 갖고 왔어?"

"자기랑 같이 쓰고 싶어서…"

그 말에 피식 웃음이 났다. 오랜만에 둘이 나란히, 아주 가까운 거리를 걸었다.

남편의 한쪽 팔을 살짝 붙잡았다. 체온이 손끝을 타고 전해지자, 그 온기가 마음까지 퍼졌다.

하루의 피로도, 빗속의 불편함도 사라진 듯했다.

별일 없던 하루의 끝에, 이렇게 포근한 순간이 기다리고 있었다. 천사가 마음속에 숨겨둔 행복이란 이런 순간들이 아닐까? 별거 아닌 말 한마디에 행복해지는 순간이 있다. 아주 보통의 하루 끝에 내 마음속에 생기는 행복처럼 말이다.

심리학에서는 행복을 '주관적 웰빙'이라고 말한다. 삶에 대한 긍정적인 감정과 만족감이 어우러진 상태를 말한다. 그래서 꼭 거창한 성취가 없어도, 일상 속 작은 기쁨만으로도 우리는 충분히 행복할 수 있다.

우리는 가끔, 특별한 순간만을 쫓다가 지나쳐 버린 오늘의 행복을 뒤늦게 아쉬워한다. 하지만 삶이란, 그저 특별한 며칠만으로 채워지는 것이 아니라 '보통의 날들'이 쌓여 이루어지는 것이다. 단조로운 하루라고 느껴질지라도 그 속에는 나만의 온기와 기쁨이 숨어 있다.

행복은 멀리 있는 것이 아니다. 그저 오늘을 조금 더 따뜻한 눈으로 바라보는 것, 그것만으로도 우리는 더 나은 삶을 살아갈 수 있다.

행복은 준비된 사람의 마음에 깃든다. 그래서 나는 오늘도, 보통의 하루에서 천사가 숨겨놓은 나만의 행복을 천천히 찾아본다.

펜과 노트,
나를 지켜 주는 작은 친구들

정미림

어느 날, 서점 베스트셀러 코너에서 필사 노트를 발견했다. 괜히 반가운 마음이 들었다. 이유는 단순했다. 나도 어느새 2년 넘게 성경을 필사해오고 있었기 때문이다. 누구의 권유도, 강요도 아니었다. 처음에는 조용히 나만의 시간을 갖고 싶어 시작했다. 한두 줄 쓰는 것도 어색하고 서툴렀지만, 시간이 지날수록 글을 쓰는 일은 내 하루를 정돈하고 감정을 비워내는 소중한 루틴이 되었다.

다이어리를 펼치고 조용한 마음으로 펜을 드는 그 순간은, 온전히 나에게 집중할 수 있는 시간이었다. 하루 동안 얽히고설킨 감정과 생각을 글로 정리하면서 나는 나를 이해하고, 내 마음을 어루만질 수 있었다. 글씨가 예쁘지 않아도, 문장이 매끄럽지 않아도 괜찮았다. 손끝에서 흐르는 글자 하나

하나가 내 하루를 되짚고, 내면을 차분하게 만들어 주었다. 그 시간은 단순한 '쓰기'를 넘어서, 나를 치유하는 의식이 되었다.

특히 병원에 입원했을 때, 나는 이 글쓰기의 소중함을 더욱 절실히 깨달았다. 오른손에 링거를 꽂은 채 며칠간 펜을 잡을 수 없었던 나는 마치 말을 잃은 사람처럼 답답함을 느꼈다. 그 며칠은 하루하루가 유난히 무기력했고, 감정을 어디에도 풀어낼 수 없어 마음이 무거웠다. 내가 무심코 지나쳤던 '글쓰기'라는 행위가 사실은 내 정서를 지탱하는 큰 기둥이었다는 사실을 그제야 깨달았다.

그 뒤로 나는 더 의식적으로 쓰기 시작했다. 말로는 쉽게 전해지지 않는 감정들을 글로 풀어냈다. 억울함, 서운함, 감사함, 두려움 같은 감정은 대개 순간적으로 스쳐 가지만, 글로 써 보면 훨씬 더 또렷하게 내 마음을 마주할 수 있었다. 복잡했던 감정은 실타래처럼 하나하나 풀려나갔고, 마음은 그만큼 가벼워졌다. 그렇게 글쓰기는 내 마음을 정돈하고 재정비하는 '정신의 청소' 같은 역할을 하게 되었다.

특히 필사는 나에게 특별한 감정적 울림을 주었다. 책 속의 문장을 한 자 한 자 따라 쓰다 보면, 그 문장이 마치 나에게 말을 걸어오는 것 같았다. 작가가 담아 낸 감정과 철학이 내 손끝을 통해 내 안으로 스며들며, 내가 미처 표현하지 못했던 감정들이 그 문장 속에서 깨어났다. 위로가 필요할 땐 필사의 속도를 더 늦추고, 한 문장 한 문장에 마음을 실었다.

또한 글쓰기를 통해 나는 내 안에 있던 다양한 내 모습을 보게 되었다. 때로는 어린 시절의 나, 때로는 지쳐 있는 나, 때로는 아직 희망을 꿈꾸는 나. 그 모든 '나'들이 펜을 통해 자연스럽게 드러났다. 내 안의 다양한 모습들과 마주하면서, 나는 나 자신을 더 깊이 이해할 수 있었다.

이 과정을 통해 나는 물건이 단순한 도구를 넘어선다는 것을 배웠다. 펜과 노트는 감정을 담는 그릇이자 기억을 저장하는 창고이며, 나를 비추는 조용한 거울이었다. 누군가는 '물건이 사람을 행복하게 하느냐'고 묻지만, 나는 확신한다. 물론 모든 물건이 그런 것은 아니지만, 나에게 의미 있는 물건들은 충분히 내 감정에 영향을 미치고, 내 삶의 방향에 작지 않은 울림을 준다.

에모토 마사루의 『물은 답을 알고 있다』라는 책에서는 '사랑'과 '감사'라는 말을 들은 물이 아름다운 결정을 만든다고 한다. 말 한마디, 글 한 줄에도 에너지가 담긴다는 사실은 너무나 인상 깊었다. 그래서 나는 가능한 한 따뜻한 단어들을 선택하려 한다. 분노보다 이해를, 불만보다 감사함을, 절망보다 희망을 택하려 애쓴다. 그렇게 써 내려간 문장들은 다시 내게 긍정의 에너지를 돌려준다.

요즘은 하루 10분이라도 조용히 글을 쓰는 시간을 만든다. 누구와도 연결되지 않은 시간, 오롯이 나에게 집중된 그 고요한 순간 속에서 나는 다시 나로 돌아온다. 펜을 잡고, 한 줄 한 줄 써 내려가며 머릿속의 소음을 지워 간다. 그것은 단지 마음의 정리뿐 아니라, 나의 존재를 확인하는 시간이다. 반복되는 일상에서도 '나는 지금 여기 살아 있다'는 것을 느끼게 해 준다.

누군가는 음악 또는 운동을 통해 스스로를 다스린다. 나에게는 글쓰기가 바로 그 역할을 한다. 그리고 이 일을 가능하게 해 주는 소중한 도구들이 있다. 펜, 노트 같이 단순한 물건이지만, 이들은 나를 나답게 만들어 주는 조용하고도 강력한 친구들이다. 이 물건들이 없었다면 나는 내 안의 감정을 그토록 솔직하게 마주할 수 없었을 것이다.

글을 쓸 때마다 느끼는 것은, 작고 평범해 보이는 도구들이 얼마나 큰 울림을 주는지에 대한 경이로움이다. 종이 위를 흐르는 펜촉의 감촉 그리고 조용한 방 안에 들리는 종이 넘기는 소리. 이 모든 것들이 나를 깊은 몰입 상태로 이끈다. 그것은 단순한 작업이 아니라 일종의 명상처럼 내 마음을 정화하는 과정이다.

결국, 나를 행복하게 하는 물건이란 단지 예쁘거나 비싼 것이 아니다. 그것은 내 감정과 대화할 수 있도록 도와주는 물건, 내면의 소리에 귀 기울이게 해 주는 물건, 나를 다시 일으켜 세워 주는 물건이다. 펜과 노트는 나에게 그 역할을 해왔다. 내가 글을 쓸 수 있다는 사실만으로도 하루를 잘 살았다는 안도감을 느끼게 하고, 쌓여 가는 글자들 속에서 나는 내 존재의 무게를 확인한다.

나는 믿는다. 오늘의 이 작은 기록들이 언젠가는 내 삶의 가장 빛나는 증거가 될 것이고 내가 쌓아가는 이 글자들이, 나를 더 단단하게 만들고, 더 깊게 성장하게 해 줄 것임을 말이다. 그래서 나는 내일도 펜을 들 것이다. 삶이 흔들릴 때마다, 마음이 복잡할 때마다 내 손안의 이 소중한 물건들과 함께 나는 나를 다시 세울 것이다.

그리고 나는 오늘도 감사함을 느낀다. 작지만 강력한 이 물건들이, 나를 지탱하고 있음을 알게되서 말이다.

이 조용한 도구들 덕분에 나는 삶의 소용돌이 속에서도 다시 중심을 잡는다. 그리고 그 중심을 지키는 것, 그것이야말로 나를 살아 있게 하는 가장 확실한 방법임을 깨닫는다.

시간 속에 깃든 보물들

정선경

어릴 때부터 무언가를 모으는 것을 좋아했다. 수집욕이 있는 건 아무래도 아빠를 닮은 것 같다. 어린 시절을 떠올려 보면 우리 집 한쪽 벽을 채우고 있던 장식장은 아빠만의 작은 세상이었던 것 같다. 그 안에는 우표집을 비롯해 미니어처 자동차, 크리스털 보석 모형, 미니어처 향수 등 다양한 볼거리들이 가득 차 있었다. 각각의 물건들은 그 자체로도 신비롭고 아름다웠지만 단순한 장식품이 아니었다. 그 안에는 아빠의 시간과 정성이 담겨 있었다. 경제적으로 넉넉지 못한 상황에도 소중히 모은 것들이기에 단순히 장식품이나 취미의 일부를 넘어 아빠에게는 삶의 고단함을 잠시나마 잊게 해 주는 작은 보물들이었으리라.

어쩌면 아빠를 보며 나도 자연스럽게 물건을 모으는 취미를 가지게 된 것 같다. 우표를 모으는 것은 물론이고 만화책을 한창 즐겨 읽던 어린 시절엔 시험 성적을 무기 삼아 『베르사유의 장미』와 같은 시리즈 만화책들을 한 권씩 모으며 성취감을 느꼈다. 그 만화책들은 내가 노력한 결과물의 상징이었고, 그 한 권 한 권이 모일 때마다 마치 작은 성공을 거둔 듯한 기분이 들었다. 물론 주인공 오스칼이 전해 주는 설렘과 고뇌는 그 과정에서 얻는 또 다른 소중한 추억이었다.

경제적 독립이 가능했던 시기가 되면서 수집 영역은 더욱 넓어졌다. 여윳돈이 생길 때마다 책과 비디오테이프, 그리고 CD를 모아 책장 한 구석을 차곡차곡 채우곤 했다. 그 당시 나에게는 단순한 취미를 넘어서 그 자체로 작은 행복과 즐거움이었다. 책이든 음악이든 영상물이든 한 번 빠져들면 질릴 정도로 수십 번 반복해서 감상하며, 그 안에 느꼈던 감동과 이야기를 깊이 새기곤 했다. 책을 먼저 읽고 영화로 감상을 확장하거나 반대로 영화를 보고 감동에 휩싸여 책을 찾아 읽으며 두 매체가 전해 주는 서로 다른 감동을 동시에 느끼기도 했다. 이러한 경험들은 한 작품에 대한 이해와 감상을 깊이 있게 만들어 주었고, 그 과정에서 느낀 감동은 마음속에 오랫동안 남아 나를 더욱 풍요롭게 해 주었다.

그 당시 나를 설레게 하며 일상의 행복을 선사해 주었던 작품 중 하나는 헬렌 필딩의 소설 『브리짓 존스의 일기』였다. 이 책은 단순히 읽는 즐거움을 넘어서, 설렘의 나날을 보내게 해 주는 특별한 존재였다. 친숙한 몸매에 실수투성이지만 개성이 강하고 톡톡 튀는 매력이 있는 브리짓, 그리고 그런 엉뚱 발랄한 브리짓을 있는 그대로 사랑해 주는 마크 다시의 이야기를 읽으면서 나의 사랑을 꿈꾸기도 했다.

이 소설을 원작으로 해서 개봉되었던 영화를 통해 나의 상상을 구체화했고, 영국 영어의 매력에 푹 빠져들기도 했다. 영화가 비디오로 출시될 날만 손꼽아 기다리며, 시리즈별로 모았다. 새벽까지 반복해서 감상하며 느꼈던 그 행복감은 지금 이순간에도 잊히지 않는다. 그때마다 나를 행복하게 해 준 것은 그저 비디오테이프가 아니라 그 속에 담겨 있는 감정의 여운과 꿈을 꾸게 해 주는 힘이었다.

또 다른 작품으로는 'Carpe Diem'의 의미를 알려 준 『죽은 시인의 사회』이다. 영화를 보고 느낀 그 감동이 사라질까 아쉬워 책을 바로 구입하였다. 영화는 눈으로 보고 마음으로 느끼는 감동을 주었다면 책은 영화에서 놓쳤던 수많은 명대사를 되새기게 해 주었고 등장인물들의 감정을 더 섬세하게 느끼게 해 주었다.

이 작품을 통해 또 한 가지 더 얻은 것이 있다면 바로 키팅 선생님을 연기했던 '로빈 윌리엄스'라는 배우였다. 키팅 선생님이 학생들에게 전달하는 메시지의 무게는 그의 눈빛과 말투를 통해 고스란히 느낄 수 있었다. '로빈 윌리엄스'라는 배우의 매력에 푹 빠져 그 이후로 〈굿 윌 헌팅〉, 〈패치 아담스〉, 〈에이 아이〉 등 그의 대표작들을 모으며 나만의 작은 영화관을 꾸몄다. 그 영화들을 반복해서 감상하며 나만의 작은 영화관을 만들었던 그 시절의 기억들은 여전히 나를 행복하게 한다.

아쉽게도 비디오와 CD 플레이어가 세상에서 사라지면서 어느 순간 나의 보물들은 더 이상의 그 가치를 지니지 못하게 되었다. 결혼을 하고 아이를 낳으며 내 세상의 중심이 아이들로 채워지기 시작했다. 그렇게 소중히 여기던 책들과 비디오테이프들은 아이들의 물건들로 대체되었다.

비록 그토록 소중히 여기던 물건들은 어느 순간 창고 속 먼지와 함께 사라졌지만 나를 행복하게 해 주었던 물건들은 단순한 물리적인 존재가 아니다. 그것들은 시간이 지나도 여전히 내 마음속에서 살아 숨 쉬는 감동을 선사한다. 왜냐하면 그 안에 담긴 추억과 감동은 언제나 내 마음속에 남아 있기 때문이다.

책, 비디오테이프, 영화, 그리고 그 속에서 만난 배우들의 모습은 내 삶의 일부분이 되어 지금도 여전히 불현듯 떠올라 나에게 행복을 안겨준다. 그 순간들이 바로 내 삶의 소중한 한 장면들이었기 때문이다. 결국, 행복을 주는 것은 물건 자체가 아니다. 그 물건에 깃든 추억, 감동, 그리고 그 시절의 나를 떠올리며 느끼는 그리움이 바로 행복의 본질이었다. 그래서 깨달았다. 진짜 소중한 건, 우리 손에 잡히는 것이 아니라 우리의 가슴 속에 남는 것이라는 걸.

나를 행복하게 해 주는 물건들은 세월이 흐르면서 나와 같이 변해왔고 이들은 내 평범한 일상에 행복을 더해 주었다. 지금은 더 이상 특정한 물건을 모으지 않지만 내 일상을 함께해 주는 특별한 물건이 있다. 바로 '다이어리'이다. 『브리짓 존스의 일기』에서 브리짓이 새해 결심을 하며 다이어리에 기록하는 장면을 떠올려 본다. 그녀에게 다이어리는 자신과의 대화이자 일상의 소소한 고민을 풀어가는 공간이었다.

나에게 '다이어리'는 단순한 기록장이 아니라 목표를 정리하고 성취감을 느끼게 해 주는 소중한 도구다. 매월 초, 이루고 싶은 목표와 해야 할 일을 첫 장에 적고 매일 펼쳐보며 기록을 이어 간다. 거창한 목표보다는 실현 가능한 목표를 세우고, 그것을 이루는 기쁨을 느끼는 것이 나에게는 더 의미가 있다. 목표대로 이루지 못하더라도 괜찮다. 중요한 건 조금 더 노력하면 꼭 해낼 수 있다는 자신감을 얻을 수 있으니 말이다.

휴대폰의 스마트한 기능에 익숙한 사람들은 다양한 다이어리 앱을 활용해 기록한다. 나에게도 그 편리함을 알려 주며 추천해 주는 이들도 있다. 그들의 말을 따라 몇 번 시도를 해 본 적도 있었지만, 다이어리만큼은 아날로그적 방식을 선호한다. 손으로 직접 쓰며 남겨진 그 글자들 속에 담긴 나만의 시간이 차곡차곡 쌓여 나의 역사가 되기 때문이다.

내게 다이어리는 단순한 일상의 계획서가 아니다. 내 삶의 기록이자 작은 성취가 담긴 소중하고도 커다란 존재이다. 차곡차곡 쌓여 가는 다이어리 속에는 내가 걸어온 길과 나의 성장이 고스란히 담겨 있다. 그런 다이어리를 버리지 않고 모아 두는 이유는 그 안에 담긴 나의 시간과 노력, 그리고 추억

을 소중히 여겨서이다. 지금 나를 행복하게 해 주는 물건, 그것은 바로 나의

지난 시간이자 나만의 다이어리다.

권영순

'행복' 내 평생 이렇게 행복에 대해서 생각했던 적이 있었던가? 단지 글을 쓰기 위해서 했던 생각들이었으나 어느 순간부터 행복이라는 것이 내 주위를 가득 채우고 있다는 것을 문득 깨달았습니다. 21일의 기적처럼 매일 행복에 대해 생각하다 보면 생각이 습관을 만들고 어느 순간 내 안에 행복이 자리하고 있을 것입니다. 이 글을 읽으며 내가 잊고 있었던 소중한 것들을 알아가길 간절히 바랍니다.

김진영

행복은 거창한 게 아닙니다. 아침에 일어나 따뜻한 물로 샤워를 할 수 있는 것, 웃음이 새어 나오는 웹툰 한 편을 읽는 것, 친구한테서 '오늘 같이 밥 먹을까' 라는 카톡을 받은 것, 퇴근 길에 신호 한 번 안 걸리고 쭉 집까지 달려온 것. 이런 순간들이 모이면 '별일 없던 하루'가 사실은 '좋았던 하루'였단 걸 깨닫게 됩니다. 지금 이 글을 읽는 당신도, 오늘 하루의 아주 사소한 순간 하나쯤은 '행복했다'고 말할 수 있기를 바랍니다. 그리고 내일은 더 많이 찾을 수 있기를요.

박해영

우리 삶의 목표는 무엇일까요? 많은 사람들이 돈과 명예와 권력을 쫓으며 살고 있습니다. 현재의 행복을 유보한 채 성공의 무지개를 향해 달려가고 있죠. 성공하면 행복해질까요? 어디까지가 성공일까요? 하나의 성공을 이루면 다음 단계 그 다음 단계의 성공을 향해 또 달려야 하지 않을까요? 우리 삶의 목표는 행복이라고 생각합니다. 돈과 명예와 권력을 가졌다고 해도 불행하다면 그 성공은 무슨 의미가 있을까요? 행복은 지금 바로 누릴 수 있습니다. 내 옆에 있는 사람들과 작은 일에도 자주 웃고 행복을 느낄 수 있는 삶을 실천해 보세요.

변상진

나에게 글을 쓴다는 행위에 대한 감정은 막막함입니다. 여기에 실체가 없는 주제로 글을 써야 할 때는 부담감이 보태집니다. 많은 사람이 행복함을 느낀다는 즐거운 감정은 아니죠.

그럼에도 불구하고 글쓰기에 도전하는 이유는 막막함과 부담감 뒤에 오는 가치와 깨달음, 성장, 의미, 기쁨, 유대감 등의 긍정적인 감정을 경험해 보았기 때문입니다. 그것이 행복이겠지요. 오늘도 막막함에, 부담감에 주저하고 있는 여러분, 그럼에도 불구하고 도전하고 경험해 보길 바랍니다. Good Luck!!

안여진

행복은 아침에 좋아하는 플레이리스트를 틀어놓고 마시는 커피 한 잔, 퇴근길에 친구와 나누는 짧은 카톡, 주말이면 좋아하는 책의 한 페이지를 넘기는 그런 순간들 속에 있어요. 이런 소소한 일상이 오늘의 나를 조용히 지탱해 줍니다. 삶을 깊이 들여다보고, 감정을 섬세하게 표현한 이 글들이 누군가의 하루에 작은 온기가 되었으면 좋겠습니다.

윤혜원

'자세히 보아야 예쁘다. 오래 보아야 사랑스럽다. 너도 그렇다.' 나태주 시인의 「풀꽃」이라는 시입니다. 자세히, 오래, 천천히 보아야 보이는 것들이 있습니다. 한곳에 시선을 멈추고 자세히 바라봐야 대상의 존재가 선명하게 보이는 법이지요. 행복도 마찬가지입니다. 잠시 숨을 돌리고 주위를 둘러보세요. 무심코 지나치는 모든 일상에 행복이 숨어 있습니다. 이 책이 일상의 숨겨진 행복을 발견하는 다정한 시선이 되길 바랍니다.

이경주

글을 쓰는 것이 힘들었지만 의미있고 뜻깊은 시간이었습니다. 내가 가진 행복을 여러분들과 함께 나누고 싶습니다. 앞으로 더 많은 행복을 추구하면서 살고 싶습니다.

그래서 많은 사람을 행복하게 하는 사람이 되고 글로써, 간호사로서 그렇게 살고 싶습니다.

여러분들도 이 글을 읽으며 가슴 깊숙이 있는 행복 꾸러미를 열어 보는 좋은 시간이길 소망합니다.

이은주

행복은 무언가를 이루고, 더 나아지고, 더 많이 가져야만 손에 닿을 수 있는 것처럼 느껴졌다. 그런데 글을 쓰다 보니 그런 생각들이 조금씩 바뀌기 시작했다. 아주 작은 순간들 속에 내가 놓치고 있던 행복이 있었다. 그리고 지금 이 글을 읽고 있는 당신도 분명히 행복한 사람이다. 어쩌면 당신은 그걸 아직 모르고 있을지도 모른다. 이 글이 그 기억들을 떠올리는 작은 불씨가 되었으면 좋겠다. 내가 글을 쓰며 행복을 다시 생각하게 되었듯이, 당신도 이 글을 통해 자신의 행복을 조금 더 믿게 되기를 바란다.

정미림

사계절의 변화처럼 매일 만날 수 있는 행복의 4가지 색깔을 찾아봤습니다. 바닷가의 모래 알갱이처럼 내 일상에 작게 박혀 있는 행복을 모두가 찾게 되길 바라며 일상의 기쁨을 나눠봤습니다. 인생은 여행이라는 말처럼 매일 여행을 떠나듯 행복감을 안고 떠나길 바랍니다. 비록 오늘 하루가 만족스럽지 않더라도 내일을 위해 또 다른 희망을 품는 하루가 되길 소망합니다. 여태까지 행복하기 위해 했던 것처럼 일상에서 내 행복의 씨앗을 찾길 바랍니다.

정선경

드라마 <천국보다 아름다운>에서 김혜자 님이 자신의 지난 인생을 돌아보며 "열심히 살아서 마음이 아프다"라고 말하는 장면은 마음속 깊은 울림을 줍니다. 우리 모두가 지난날을 되돌아보는 순간이 왔을 때 입가에 행복한 미소를 머금을 수 있기를 바랍니다. 이 글이 바쁜 일상 속에서 잠시 멈춰 나만의 행복을 되돌아보는 계기가 되기를 바라며, 오늘도 여러분의 마음에 작은 행복이 피어나기를 진심으로 응원합니다.